Skadu van Onheil

Alida de Bruyn

Malherbe Uitgewers Publikasie

Outeur: Alida de Bruyn
Voorbladontwerp: Malherbe Uitgewers

Geset in Franklin Gothic Book 12pt

Alle regte voorbehou
Kopiereg © Alida de Bruyn
ISBN 978-1-991455-79-6
Eerste Uitgawe 2025

Deel 1

Hoofstuk 1

Die motor snel voort op die teerpad. Die hitte maak golwe oor die pad en bak warm op die motor neer. Amy staar voor haar uit. Die hitte slaan op haar gesig uit en loop stadig teen haar slape af. Sy kom dit nie eens agter nie. Sy dink terug aan die eerste aand alleen in haar hospitaal-bed. Sy was in die laaste kamer van die hospitaalgang gesit sodat sy nie die pas gebore babas kon hoor nie. Sy sluk aan die knop in haar keel. Trane loop vrylik teen haar wange af. Al het die suster probeer om haar te beskerm van die seer kon sy hulle nog steeds hoor huil.

Dit het soos eggo's deur die breë hospitaal gang na haar toe aangesweef. Haar arms was leeg. Daar was nie 'n klein lyfie wat dorstig na haar gesoek het nie. Haar baba is dood. Haar seuntjie wie haar lewe en liggaam vir nege maande gevul het, wie se kamer reggestaan het vir hom om huis toe te kom is nou gevul met net herinneringe. Daar verskyn 'n hartseer glimlag om haar lippe toe sy onthou van die mooi

1

ooievaarstee wat haar kollegas vir haar gehou het. Alles was perfek, net haar klein seuntjie het gekort.

Daar ruk 'n steek deur haar liggaam. Amy trap die rem hard en swaai die motor van die pad af. Stofwolke draai om haar toe sy snikkend oor die stuurwiel buig. Haar lyf voel leeg, haar hart oopgeskeur. Trane stroom sonder ophou oor haar wange. Sy dink aan die dag in die hospitaal, hoe sy na haar baba se hartklop gesoek het, maar stilte alles gevul het. Stilte wat soos 'n donker skadu oor haar lewe gesak het.

'n Klop aan die motorvenster ruk haar uit haar gedagtes. Sy kyk op en sien 'n onbekende man met 'n vriendelike glimlag.

"Mirrag, ou nooi," sê hy met 'n swaar aksent. "Het jy hulp nodig?"

Amy skud vinnig haar kop. "Nee dankie. Ek is reg." Haar stem bewe.

Die man lig sy hand en glimlag warm. "Dan is dit goed so. Maar ounooi, wees versigtig. Dit is nie veilig om alleen hier te staan nie."

Amy knik en begin stadig die motor aan te skakel. Sy kyk oor haar skouer na hom terwyl hy groet, maar haar fokus keer terug na die pad vorentoe ... na Dwarskersbos, waar sy hoop om vrede te vind.

Dit is 'n klein stranddorpie. Amy voel opgewonde oor die vooruitsig van sand, see en son. Dit is al wat sy nou nodig het. Hierdie jaar was 'n emosionele jaar en al waarna sy verlang is stilte en vars see lug. Sy het spesiaal 'n huisie gehuur wat direk op die strand is. Sy wil aan die slaap raak met die see in haar ore. Die gedruis van die golwe moet die geraamtes van die afgelope jaar uitwis.

Sy ry stadig deur die dorpie en besluit om sommer te stop en 'n paar kruideniersware te koop voor sy na haar strandhuis toe gaan.

Amy parkeer haar motor, klim uit en stap na die kruideniers winkel. Sy loop in 'n haas deur die rakke en kan voel haar lyf is styf van die lang sit. Sy pak die nodigste kruideniersware in haar waentjie en beweeg na die betaal- punt toe.

"Môre mevrou," praat 'n jong meisie agter die kas register vriendelik.

"Môre," antwoord Amy. Sy is nie eintlik lus vir gesels nie en laai die kruideniersware vinnig uit.

"Mevrou hier met vakansie?" vra die meisie nuuskierig

"Ja ek is so bietjie met vakansie," antwoord Amy

"Dit is lekker," die dogter noem die bedrag wat Amy moet betaal.

"Waar bly mevrou, hier is 'n paar mooi gastehuise en vakansiewoonstelle?"

Die meisie wag vir Amy om te antwoord.

"Ek het 'n huis gehuur," antwoord Amy terwyl sy die geld in haar hand sit.

"Sjoe dit is fancy, 'n huis nogal." Die meisie sit die geld in die kasregister en haal Amy se kleingeld uit.

Amy vat dit dadelik en tel haar pakkies op

"Baie dankie, lekker middag," groet Amy vinnig en stap weg.

"Gmf... Stadsmense is altyd so haastig," klik sy met haar tong terwyl sy Amy agterna kyk.

Amy bêre haar pakkies in haar voertuig en skuif agter die stuur in. Met vaste hande tik sy die strandhuis se adres in haar GPS, skakel die enjin aan, en volg die aanwysings met versigtige konsentrasie. Die agent het haar gerusgestel dat die sleutel in die posbus sal wees – 'n detail wat sy nou koester soos 'n geheim wat wag om onthul te word.

Toe sy by die vakansiehuis stilhou, steek sy haar hand met 'n tikkie verwagting in die posbus in. Die koue metaal van die sleutel is 'n tasbare belofte van 'n nuwe begin. Nadat sy die hek met die afstandbeheer oopmaak, ontvou die erf soos 'n skildery voor haar: 'n groen grasperk wat soos fluweel onder die son blink, hoë bome wat beskut om die huis staan, en blomme in helder kleure wat die tuin lewe gee. Amy glimlag en dink hoe sy 'n ruiker sal maak om die kombuis mee op te vrolik – 'n klein daad van vreugde.

Opgewonde oor die gedagte aan haar eie spasie, parkeer sy voor die motorhuis en klim uit. "Eers die huis verken voordat ek alles uitlaai," mompel sy sag, amper asof sy haarself toestemming gee om hierdie oomblik te geniet.

Die voordeur kraak liggies oop onder haar hand en die eerste blik binne tref haar soos 'n rustige asemteug. Die ruim leefarea is oorstroom met natuurlike lig wat deur groot vensters vloei en die uitsig oor die eindelose see omraam. Sagte, gemaklike banke staan strategies geplaas, versier met helder kussings wat warmte uitstraal. Die kombuis roep met sy ruim uitleg en moderne gemaklikheid, terwyl breë glasdeure na 'n stoep lei – 'n stoep wat jou met gemaklike stoele uitnooi om te sit en te staar na die horison. Van daar kronkel trappe en 'n voetpaadjie na 'n klein hekkie wat na die strand toe oopmaak, waar die gedruis van die branders reeds na haar voete roep.

Amy stap na die groot venster in die leefarea en kyk uit oor die see. 'n Rustigheid sak oor haar neer, diep en onmiskenbaar. Hier, in Dwarskersbos, voel sy die fluistering van vrede wat in haar hart nesmaak. Sy glimlag, sekerder as ooit dat sy na die regte plek gekom het. Hier sal sy haarself weer vind.

Hoofstuk 2

"Van der Merwe!" hoor Gerrit 'n harde stem agter hom. Hy wip eintlik op sy stoel soos hy skrik.

Gerrit stap haastig by die kaptein se kantoor in. "Kaptein," groet hy kort.

"Van der Merwe," sê die kaptein sonder om op te kyk van die lêer voor hom. "Ek het nog 'n spesiale taak vir jou. Hierdie een verg subtiele werk. Jy sal in die gemeenskap moet inbeweeg."

Gerrit frons. "Waaroor gaan dit?"

Die kaptein kyk op, sy oë ernstig. "Steelvis. Dit gebeur al maande lank by kleiner hawens. Ons het 'n wenk gekry, maar ons kort harde bewyse. Dink jy jy kan die rol speel?"

Gerrit huiwer. Sy pa het hom visvang geleer, maar visserman-wees was nog altyd 'n ver-van-sy-referaat. "Ek sal my bes probeer, Kaptein."

"Goed." Die kaptein skuif 'n lêer oor die tafel. "Jy ontmoet die marine-inspekteur in Kaapstad oor 'n uur. Hanteer dit soos 'n geheime sending. Jy sal dalk vuil hande kry, maar ons moet hierdie ouens stop."

"Ja Kaptein, jy het die regte man gekies vir die saak," antwoord hy die kaptein.

"Goed. Jy het 'n afspraak binne die volgende uur met die marine-inspekteur van die Kaapse hawe. Hy sal jou al die inligting gee wat jy kort." Die kaptein gaan sit en maak nog 'n lêer oop wat op sy tafel lê.

"Dit is reg Kaptein. Baie dankie vir die geleentheid." Gerrit kan nie help om opgewonde te raak nie.

"Van der Merwe, waarvoor wag jy, koffie en koekies?" Die Kaptein se stem is hard en Gerrit besef dat hy homself uit die voete moet maak.

"Nee, Kaptein. Ek gaan dadelik." Gerrit draai vinnig om en stap by die kantoor uit. Die kaptein kyk hom agterna en daar kom 'n glimlag om sy lippe. Die seun van hom het vinnig naam gemaak in die polisiemag. Hy gaan nog baie vêr kom as 'n speurder.

Gerrit parkeer sy voertuig buite die kantore van die marine-inspekteur. Hy hardloop die trappies op en maak die glas deur oop. Hy stap tot by die ontvangsdame.

"Môre, Speurder Van der Merwe vir die Marine-inspekteur," praat hy haastig met die ontvangsdame.

"Môre Meneer, hy is op die 2de vloer, kamer 156," antwoord sy hom terug.

"Dankie," is al wat hy sê en stap na die trappe toe.

Hy klop aan die deur, maak hom stadig oop en stap in.

"Môre," groet hy die man agter die tafel. Dit is 'n ouerige man met grys hare. 'n Paar blou oë kyk verward na Gerrit.

"Kan ek help," vra hy ongeduldig.

"Is meneer die Marine-inspekteur?" vra Gerrit versigtig. Is hy dan in die verkeerde kantoor, wonder hy skielik.

"Ja ek is, en wie is jy?" praat die ouer man met Gerrit, nog steeds geïrriteerd.

"Ek is Speurder Van der Merwe. Kaptein Van der Merwe van die Kaapse Polisiestasie het my gestuur om met u te kom praat oor een of ander saak," verduidelik Gerrit

"O, dis reg ja ek is die Marine-inspekteur. Ek het gedink hulle stuur iemand ouer. Ek weet nie of jy die saak sal kan hanteer nie." Die Inspekteur kyk Gerrit op en af.

"Ek verseker u ek is die regte man vir die werk. Waarmee is dit wat ek kan help. Soos ek vinnig kon aflei gaan dit oor 'n Steelvisketting by sommige van die kleiner hawens langs die kuslyn?" Gerrit val sommer dadelik met die deur in die huis, hy moet die inspekteur wys dat hy nie gaan terugstaan vir enige iemand net omdat hy dalk te jonk is volgens hom nie.

Die Inspekteur is effens verbaas oor die kennis wat Gerrit reeds het van die saak.

"Dit is reg. Dit is 'n groot probleem wat kop uitsteek, maar ons het ongelukkig nie bewyse nie, net hoorsê. Ons kort iemand wat hul deel van die vissersgemeenskap sal maak en vir ons die nodige bewyse kan kry." Die inspekteur kom dadelik tot die punt.

Gerrit het nie besef dat dit is wat van hom verwag gaan word nie, hy voel skielik onseker. Is hy die regte man vir hierdie saak. Hy het nog nooit so iets gedoen nie.

"Soos 'n geheime agent?" vra hy versigtig vir die Inspekteur.

"Ja, op hierdie stadium dink ek dit is die enigste manier. Hierdie vissermanne is baie slim. Hulle doen dit al vir 'n geruime tyd. Soos ons aflei, vang hulle meer as die toelaatbare kwota vis. Wanneer dit geweeg word, in plaas van die vis terug in die hawe te gooi, vat hulle dit en gaan verkoop dit. Maar ongelukkig weet ons nie wie is die brein agter alles nie, ons weet nie aan wie hulle die vis verkoop en wie almal betrokke is nie," verduidelik die Inspekteur.

"Ek verstaan. So ek moet as 'n visserman gaan werk op een van die skuite?" vra Gerrit die inspekteur.

"Dit is wat ek in gedagte het. Iemand langs die kus koop daardie vis. Iemand maak geld daaruit. Daardie geld dink ek word onder die vissermanne gedeel. Maar ek wil weet hoe hulle daarmee wegkom. Wie help hulle?"

"Goed, hoe gaan ek u kontak en op watter skuit gaan ek werk?"

"Ek gaan vir jou 'n selfoon gee met net my nommer op. Jy kan vir my 'n SMS stuur soos jy inligting kry. En wat die skuit aanbetref, daar staan een wat op pad Dwarskersbos toe is vanmiddag. Hulle het vanoggend geanker in die hawe. Jy kan met Piet Smit gaan praat, hy weet nie wie jy is nie, maar ek het vir hom gesê dat ek iemand vir hom gaan stuur wat werk soek. Kan jy tenminste visvang?" vra die inspekteur skielik.

"Ek het op die water grootgeword, dit sal nie 'n probleem wees nie," antwoord hy vinnig. Dankbaar vir die naweke wat hy en sy pa hulle boot uitgevat het.

"Dan is dit goed. Die skuit gaan drie-uur vanmiddag ankers lig en terugkeer na Dwarskersbos toe. Jy gaan maar jou litte moet roer om jou dinge agtermekaar te gaan kry voor dan.

"Dis reg. Ek sal gou 'n paar goed afhandel en dan vir Piet Smit gaan sien," Gerrit staan op. Die inspekteur gee vir hom 'n papier met die beskrywing en naam van die skuit op en dan 'n selfoon.

Die res van die dag moet Gerrit vinnig alles in orde kry en sy sak pak. Hy trek van sy oudste klere aan en maak sy hare so bietjie deurmekaar. Hy moet darem nie te netjies lyk nie. Dan vertrek hy na die hawe. Hy voel bietjie senuweeagtig oor die volgende paar weke, maar hy gaan net moet fokus op die taak wat voor hom lê. Hoe hy die skurke gaan uitoorlê weet hy nog nie, hy gaan maar net elke dag moet vat soos dit kom. Hy is op die hawe en hy stap in die rigting van die Albatros, die skuit waarvan die inspekteur gepraat het.

Hoofstuk 3

"Goeiemiddag," groet hy 'n persoon wat op die skuit staan. "Ek is opsoek na Piet Smit." Gerrit lyk maar verwaarloos in sy ou denim en 'n ou baadjie, hy het 'n rugsak oor sy skouer en 'n verbleikte hoed op sy kop.

"Ek is Piet Smit," antwoord hy vir Gerrit. Hy stap nader.

"Gerrit Van der Merwe, die Marine-inspekteur het gesê dat ek jou moet kom sien vir werk."

"Ja, hy het genoem dat hy iemand gaan stuur. Kan jy visvang? Ken jy 'n skuit? Jy gaan 'n paar dae op 'n slag op die water wees ek het nie tyd vir manne wat siek raak nie, geen slaplê op my skuit nie. Almal werk hard en slaap min. Sien jy kans?" verduidelik Piet vinnig wat van hom verwag word.

Gerrit sluk skielik. Waarvoor het ek myself ingelaat, dink hy by homself. "Dis reg, ek sal my kant bring," is al wat hy antwoord.

"Goed jy kan maar aan boord kom, Jan sal jou wys waar jy jou sak kan bêre. Ons het almal se hande nodig. Dit is amper tyd om te loop."

Gerrit klim op die skuit en loop agter Piet aan.

"Sit sommer jou sak daar neer, ons sal later die slaap- plek uitsorteer," sê Jan vir Gerrit.

"Ons moet die beursnet gaan *inspect* voor ons loop vandag," gesels Jan met Gerrit.

Later daardie middag lig hul die anker en vaar by die hawe uit op pad na Dwarskersbos.

Daar is nog 'n paar vissermanne op die skuit. Almal is redelik vriendelik maar Gerrit hou homself maar eenkant. Doen wat van hom verwag word. Hy sal maar alles mooi moet uitkyk. Hy weet nog nie hoe hy hierdie hele steelvisketting gaan ontbloot nie. Die Suidooster waai weer kaalkop vandag. Die golwe is groot en spat oor die dek van die skuit. Gerrit moet maar 'n paar keer sluk. Hy was lanklaas op die see.

"Gerrit. Jy lyk maar bietjie bleek, jy sê dan jy is die see gewoond," praat Piet Smit skielik langs hom.

"Ek is. Jammer ek het nog nie vandag geëet nie. Dit is dalk hoekom," maak Gerrit vinnig verskoning. Piet kyk hom skepties aan en draai om. Gerrit raak dadelik besig, hierdie naarheid van hom sal hy vinnig moet van ontslae raak anders gaan hy dit nie vandag maak nie. Hy gryp sy waterbottel en vat 'n paar slukke water.

"Die vis is los vandag, ons gaan 'n goeie vangs hê vannag. Ek hoop julle is reg vir min slaap vanaand," skree Piet vir die vissermanne bo die geraas van die golwe uit. Almal begin skarrel om die nette bymekaar te kry en reg te maak vir die nag se visvang. Deur die nag is hulle baie besig. Gerrit moet alles insit om by te hou. Hierdie is fisiese harde werk. Toe die son oor die horison begin opkom voel sy lyf seer en nat. Hy was lanklaas so moeg gewees. Sy liggaam smag na 'n behoorlike ontbyt en 'n bed. Hy het nog geen idee waar hy gaan slaap nie.

"Die skuit loop diep vanoggend. Ons het 'n goeie vangs gehad," praat Jan langs Gerrit.

"Ja ek dink ook so. Die vishandelaars gaan mooi vis koop vanoggend," praat Gerrit saam.

"Ja en dalk is daar bietjie lotto geld vir ons. Wie weet".

"Lotto geld, wat is dit?" vra Gerrit nuuskierig

"Niks. Moenie *worry* daaroor nie," maak Jan skielik verskoning en loop vinnig weg.

Lotto geld. Gerrit wonder wat sou dit beteken. Maar hy kry nie kans om lank daaroor te wonder nie. Hulle moet anker gooi en die vis moet geweeg word. Gerrit raak so besig met sy werk dat hy glad nie weer daaraan dink vir die res van die oggend nie.

Hoofstuk 4

Amy se oë gaan traag oop. Vir 'n oomblik kyk sy verward rond en sak met 'n glimlag terug op haar kussing. Sy het so rustig geslaap. Die see se geraas het so waar al die rustelose drome weggejaag. Skielik sit sy regop en is angstig om op die strand te kom. Sy wil sommer 'n vêr ent gaan stap. Maar eers moet sy vir haarself 'n beker koffie gaan maak. Sy glimlag vir haarself. Wanneer laas was sy regtig lus om vir haarself koffie te maak. Die afgelope jaar was sy lusteloos en het soos 'n slaapwandelaar gevoel. Elke dag outomaties net alles gedoen. Baie keer het sy gewonder hoe sy die dag omgekry het.

Vinnig trek sy gemaklik aan en stap kombuis toe. Sy sit die ketel aan, staar oor die rustige see en geniet die vars oggend. Toe die ketel afskakel, maak sy vir haar 'n koffie en sak op die rusbank neer. Sy probeer nie dink nie, maar haar gedagtes dwaal terug na die afgelope jaar – die verlies van haar baba en haar man wat later skei omdat hy die hartseer nie kon hanteer nie. Sy het haar van hom onttrek, en hul verhouding het stilweg verbrokkel. Toe hy uittrek, het sy hom nie probeer keer nie. Haar seer was al wat sy oor gehad het.

'n Traan rol oor haar wang. Sy sug, bêre haar beker en stap strand toe. Die koel sand onder haar voete en die sagte briesie herinner haar hoe lank laas sy gelag het. Dit is 'n lieflike someroggend in Dwarskersbos – 'n plek van stilte en rus wat sy broodnodig gehad het na die lawaai van die stad. Verlore in haar gedagtes, besef sy skielik dat die son warm op haar neerbak. Sy besluit om terug huis toe te stap en dalk later die hawe te verken en iewers 'n laat ontbyt gaan geniet.

Amy trek vars klere aan, klim in haar motor en ry na die hawe. Sy sien vissers besig om hul vangste af te laai – 'n skouspel van sukses en besige hande. By die restaurant op die hawe soek sy 'n afgesonderde tafeltjie met 'n uitsig oor die see en bestel iets lig. Die vars lug en die skoonheid van die see kalmeer haar. Onbewus van die mense se bewonderende blikke, sit sy agteroor, haar lang blonde hare glinsterend in die son.

Dan sien sy 'n jong paartjie instap. Die man stoot 'n babawaentjie, en die vrou lig 'n klein babatjie met sagte liefde uit. Amy se hart ruk toe sy die vrou die baba saggies troos. Die prentjie voor haar sny deur haar weerstand. Skielik voel sy haar keel toetrek, haar oë vol trane. Sy gryp haar handsak, laat geld op die tafel val en staan vinnig op. Haar stoel val agteroor. Sy moet net weg. Haar hartseer druk soos 'n ysterhand om haar keel, haar asemhaling gejaagd.

In haar haas bots sy amper teen 'n man. Haar handsak val grond toe. Sy buk vinnig om dit op te tel, haar hande bewerig. Sy vermy oogkontak, vasgevang in haar emosies, en probeer net aanhou beweeg.

15

"E... ek is jammer," is al wat sy sê en begin hardloop na waar haar voertuig staan.

Gerrit is stomgeslaan oor die vrou wat in hom vasgehardloop het. Dit het so vinnig gebeur, hy wou nog keer toe tref hy haar. Wat gaan met haar aan, wonder hy verward. Dit lyk asof sy vir haar lewe vlug. Hy is seker dat sy moes seergekry het maar sy hardloop net na haar voertuig. Hy sien hoe sy in haar voertuig klim en vinnig wegry. Hy draai om en stap by die restaurant in.

Hoofstuk 5

Amy kan nie onthou hoe sy by die huis gekom het nie. Al wat sy in haar gedagtes sien, is die vrou wat haar baba vashou. Sy sluit die voordeur agter haar, loop stadig na die rusbank en sak daar neer. Die leemte in haar hart voel ondraaglik – hoe verwerk 'n mens ooit die dood van jou kind? Uitgeput raak sy daardie middag op die bank aan die slaap.

Wanneer sy wakker skrik, is die son al besig om te sak. Sy staan op en maak vir haarself 'n beker warm koffie in die hoop dat dit haar beter sal laat voel. Terug op die bank laat sy haar gedagtes dwaal na daardie noodlottige dag – 'n dag wat soos 'n brandmerk in haar geheue ingebrand is: 5 Februarie.

Die dag het helder en vol hoop begin. Almal was opgewonde, want enige oomblik sou haar seuntjie gebore word. Haar man was weg om 'n paar sake in die dorp af te handel, terwyl Amy by die huis begin vermoed het dat iets nie reg is nie. Sy het haar ma gevra om haar hospitaal toe te neem. Daar was 'n mengsel van spanning en opgewondenheid, sy het so lank gewag vir hierdie oomblik.

By die hospitaal het alles egter skielik skeefgeloop. Toe die verpleegster haar ondersoek en 'n monitor aan haar heg, het Amy gewag om die hartklop van haar baba te hoor. Maar daar was stilte.

Sy het verskeie kere gevra of alles in orde is, maar die verpleegster het haar nie geantwoord nie. In plaas daarvan het sy stil die vertrek verlaat om die suster te roep. Amy onthou hoe angs haar oorval het, asof sy in 'n onwerklike droomwêreld vasgevang was.

Haar man het by die vertrek ingestap, en met 'n bewende stem het sy hom vertel dat iets verkeerd is, sy kon nie hulle babatjie se hartklop hoor nie. Kort daarna het die suster hul grootste vrees bevestig. Sy onthou nog haar man se woorde: "Ons sal saam hierdeur kom." Maar Amy het gevoel hoe sy dieper en dieper in haar eie pyn verdwyn.

Haar moeder, altyd haar steunpilaar, het om die bed gestap en begin bid. Sy sien haar ma steeds in haar geestesoog, hande gevou, terwyl sy die Here smeek om die pyn draagliker te maak. Die geboorte van haar seuntjie, sonder enige kraampyne, was stil. Te stil! Daardie nag was Amy se arms leeg, haar borste vol melk, maar daar was niemand om te voed nie. Haar seuntjie het alleen iewers in die hospitaal gelê, en sy het nooit die kans gekry om hom vas te hou nie.

Amy onthou 'n gedig wat sy eens gelees het: "My kop wil skree, my hart wil huil, maar al wat ek kan doen is om in my hartseer te verskuil." Dit beskryf presies hoe sy voel – vasgevang in 'n duisternis wat haar versmoor. Sy moet uit hierdie huis kom.

Met 'n skielike uitbarsting van energie spring sy op, maak die glasdeur oop en hardloop na buite. Die paadjie lei haar na die hek, en uiteindelik kom sy op die strand aan. Sy hou nie op hardloop nie, haar enigste begeerte is om die water teen haar vel te voel. Die skemer het al begin lê, maar sy let dit skaars op. Al wat sy wil doen, is asemhaal.

Sy bereik die water uiteindelik, en toe die ysige branders teen haar bene slaan, bring die koue haar tot stilstand. Daar, in die halfdonker, voel sy hoe die pyn haar oorval – rou en onontkombaar.

"Here, hoe gaan ek ontslae raak van hierdie hulpelose gevoel in my hart." Amy sak op haar knieë neer en druk haar hande in die nat koue sand in. Sy huil en kyk op na die Hemel.

"Asseblief, Here, vat hierdie seer weg. Ek kan dit nie meer alleen dra nie." Amy sien iemand na haar aangestap kom. Hy lyk vir haar bekend. Sy staan versigtig op. Hoe is dit moontlik. Hy kom vanuit een van die wolke na haar gestap. Sy wil nader stap maar haar bene wil nie beweeg nie. Die jongman kom voor haar tot stilstand en glimlag vir haar. Daar straal soveel liefde uit sy gesig vir haar. Sy blou oë hou hare gevange. Hy het 'n bruin leerbaadjie aan. Hy is so netjies aangetrek. So aantreklik met sy blonde hare.

"Mamma.." Hoor sy die woorde. Amy snak na haar asem, het sy reg gehoor? Het hy vir haar Mamma gesê? "Mamma, moenie hartseer wees nie," die seun lig sy hand en vee die trane van Amy se wang af. "Ek is gelukkig," Amy vat aan haar wang waar sy hand gevryf het. Dan vou hy haar in sy arms toe vir 'n oomblik. Hy druk haar styf vas.

"Mamma... Moenie verder huil nie," sê hy vir haar. Hy los haar, draai om en begin wegstap, lig sy hand in 'n groet. Hy glimlag en verdwyn weer in die wolk in. Amy se bene wil haar nie meer laat regop staan nie en sy val weer op haar knieë neer en lig haar kop na die hemel.

"Dankie, Here, dankie," Amy vou haar arms om haar en vir 'n oomblik voel sy van iewers af warmte. Asof die Here self sy arms om haar vou en haar troos. Amy sit net so en geniet die warmte. Dan maak sy haar oë oop. En dit is asof sy vir die eerste keer besef waar sy is. Sy staan op en kyk om haar rond. Sy kyk na die wolke en vir haar is dit asof sy nog steeds haar seun daar kan sien.

Hoe kon dit so werklik gevoel het. Asof die Here haar 'n oomblik gegun het saam met haar kind, 'n skielike vrede oorweldig haar. Sy weet dat van hierdie oomblik af niks meer dieselfde gaan wees nie. Sy het haar kind gesien. Haar kind se liefde vir haar was duidelik. Die Here se liefde het haar gevul, en sy warmte het haar vertroos. Dit is al wat sy nodig het om haar te dra. Sy draai om en begin terug stap huis toe. Met elke tree wat sy gee voel sy hoe die oorweldigende hartseer van haar afval. Sy voel gevul met 'n vrede wat sy nie kan beskryf nie.

Gerrit hou vir Amy dop. Hy het gesien toe sy soos 'n pyl uit 'n boog verby hom gehardloop het reguit see toe. Sy het hom nie eens raakgesien nie. Hy wou eers agterna hardloop want hy het gedink dat sy die see gaan inswem. Maar dan sien hy haar stop. Hy besef dat hy haar nie moet agterna sit nie. Hy gaan sit op die duin. En hoor haar snikke.

Wat het met daardie mooi jong vrou gebeur dat sy so optree? Hy sien 'n hartseer prentjie voor hom en hy voel skielik jammer vir haar. Maar hy sien toe hoe sy ontspan asof daar iewers 'n deurbraak was. Sy stap in sy rigting. Hy sal hom uit die voete moet maak, hy wil nie hê sy moet hom sien nie. Hy voel skielik soos 'n indringer. Hy staan vinnig op en stap in die rigting van die groot bome wat langs haar huis is. Hy het tent opgeslaan en gaan vir die nag daar slaap. Hy moet sy planne agtermekaar kry. Hy het vroeër gehoor dat daar 'n storm op pad is. Hy sal 'n blyplek moet kry vir die volgende paar dae. Hulle gaan seker nie met die skuit uit nie. Hy sal maar gaan hoor môreoggend. Hy onthou weer vir Jan wat gepraat het van Lotto geld. Hy wonder wat dit kan wees. Hy sal beslis hom meer daaroor moet uit vra, maar vir nou wil hy net slaap. Dit was 'n lang dag. Hy het nooit gedink dat 'n visserman so hard werk nie. Sy hele lyf is seer. Hy klim in sy tent zip hom toe en 'n diep droomlose slaap oorval hom.

Hoofstuk 6

Vir Amy voel dit of daar 'n wêreld se las van haar skouers af is. Sy voel lig. Haar hart voel lig. Sy weet dat vir die eerste keer het sy aanvaar wat gebeur het. Die herinnering sal altyd daar wees maar sy weet dat sy weer moet begin lewe. Sy skuld Kobus 'n verskoning. Sy het hom die laaste paar maande van hul huwelik baie sleg behandel. Niemand was vir haar meer belangrik nie. Hoeveel vriende en familie het sy eenkant toe geskuif en afgeskeep omdat die seer haar oorweldig het?

Sy gaan die res van haar vakansie net daarop fokus om gelukkig te wees. Na dit gaan sy terug Kaap toe en sy gaan almal weer in die oë kyk en sy gaan die stukke wat sy agter gelos het weer optel en aangaan met haar lewe. Vir nou wil sy net haar vakansie geniet. Sy besluit ook sommer dadelik om weer langs die strand te gaan stap. Die vars lug sal haar goed doen, maar toe sy by die deur uitstap voel sy dat daar 'n koue wind begin waai het. Miskien is dit nie so 'n goeie idee om te gaan stap nie dink sy by haarself. Eerder rustig op die stoep sit en koffie geniet en 'n boek lees. Gelukkig is die stoep beskut teen die wind. Amy kyk na die tent langs haar huis. Waar kom dit vandaan? Sy besluit om nader te stap. Net toe sy om die muur loer, rits die tent oop. 'n Man met breë skouers en deurmekaar hare klim uit. Sy kyk hom met groot oë aan, maar hy vang haar oog. Skielik gaan die zip oop en 'n donkerkop man klim uit. Hy moet homself dubbel vou om uit die tent te klim. Terwyl hy homself uitstrek, kyk Amy hom geskok aan. Sy weet sy moet dalk nie so staar nie, maar sy kan nie help nie. Wat sal so 'n aantreklike man hier in 'n tent langs haar vakansiehuis soek? Hy kyk onverwags na haar en sy wip soos sy skrik. O gids, dit is nou te laat om weg te kyk. Hy het gesien hoe sy na hom staar. Daar verskyn 'n vriendelike glimlag op sy gesig. Amy voel hoe sy begin bloos.

"Môre," sê hy, sy stem diep maar vriendelik.

"Môre," stamel sy terug. "Ek... um... bly hier. Wat maak jy... uhm, so naby?"

Hy glimlag en stap nader. "Jammer. Ek werk op 'n vissersboot. Ek het die tent net vinnig opgeslaan om êrens te slaap."

Amy vou haar arms oor haar bors. "Dis... ongewone akkommodasie. Nou slaan jy maar tent op hier reg langs my huis," Amy klink half vies. Gerrit geniet skielik die geselsie en stap nader aan die muur.

Amy gee 'n paar tree terug. Wie dink hy is hy om sommer so kaal bolyf na haar aangestap toe te kom?

"Jammer, maar ek sal nie lastig wees nie. En dit sal seker net 'n dag of twee wees," antwoord Gerrit vir Amy.

"Ek is Gerrit," stel hy homself voor.

Eers weet Amy nie of sy hom moet sê wat haar naam is nie, maar "Amy... my naam is Amy," sê sy tog vir hom haar naam.

"Aangename kennis Amy. Dit is lekker om iemand te ontmoet wat nie 'n visserman is nie," gesels Gerrit vriendelik.

"Ek moet gaan," sê Amy vir Gerrit. Sy wil nie hier staan en gesels nie. Sy ken nie eens die vreemde aantreklike man nie, "Totsiens." Amy draai vinnig om en stap terug na die huis, gaan in en maak die skuifdeur agter haar toe.

Gerrit is verras deur haar optrede maar hy glimlag tog. Jinne maar sy het 'n lyfie aan haar. Waar het hy haar al voorheen gesien. Hy draai om en stap terug na sy tent en kry sy hemp. Hy gaan iewers moet vars water kry dat hy darem bietjie kan was en tandeborsel. Hy onthou skielik. Hy het haar gister by die restaurant by die hawe gesien. Sy het in hom vasgehardloop. Daar moes regtig iets in haar lewe gebeur het veral na wat hy gisteraand gesien het. Maar vanoggend lyk sy goed. Asof daar 'n ligter iets by haar is, hy kan nie sy vinger daarop sit nie. Hy het nie tyd om verder daaraan te dink nie, hy moet by die Albatros uitkom. Gerrit maak vinnig klaar, gryp sy rugsak en stap strandlangs hawe toe. Die hawe is gelukkig nie vêr nie. Hy sien dat daar al 'n paar vissermanne aan boord is. Hoekom is hulle so bedrywig, wonder hy?

"Môre Jan," groet Gerrit.

"Môre, amper gedink jy kom nie terug nie," praat Jan vriendelik met Gerrit.

"Nee, ek is hier. Wat gebeur vandag?" vra Gerrit

"Ons moet vinnig vanoggend uitgaan, ons gaan vir 'n dag of twee kwaai water hê. Daar is 'n storm op pad. As ons nie 'n goeie vangs het vanoggend nie gaan ons mense klipsop eet vir 'n paar dae," verduidelik Jan.

Die oggend is die vissermanne baie besig. Hulle het weer 'n goeie vangs. Die Albatros hang weer laag in die water. Die middag keer hulle terug na die hawe. Gerrit sien die vissermanne skarrel almal saam rond. Daar is 'n opgewondenheid onder hulle wat hy nie heeltemal verstaan nie. Hy vra vir een van hulle wat verby hom loop "Waarvoor is julle so opgewonde?"

"Ons het die Lotto gewen vandag," antwoord die man hom en stap aan.

Gerrit is nou baie nuuskierig en hy stap na die groep manne wat op die hawe staan. Piet kom nader gestap en gee vir elkeen 'n koevert. "Goed julle. Daar is 'n groot moontlikheid van 'n storm vanaand. Hoop dit sal julle darem help vir 'n dag of twee. Tenminste gaan die kos-potte vol wees," Piet lyk baie ingenome met homself. Gerrit kyk verbaas na die koevert in sy hand. Daar is 'n hele paar R100 note in. Waarvoor is hierdie wonder hy?

"Jan... Waarvoor is hierdie?" vra Gerrit.

"Dit is Lotto geld my vriend. Moenie vrae vra nie, geniet net die vangs," Jan is opgewonde en stap dan weg.

Hier is beslis iets vreemds aan die gang. Hy gaan moet ondersoek in stel. Iets voel net nie vir hom pluis nie.

25

Op pad na sy tent skakel hy die marine-inspekteur en verduidelik wat sovêr gebeur het. Hy vertel ook vir hom van die Lotto geld. Dit interesseer die Inspekteur baie en hy sê vir Gerrit om versigtig te wees en groet. Die dag het vêr gevorder en Gerrit kon nog steeds nie vir hom 'n kamer kry nie. Hy sal maar weer vir die aand in sy tent slaap. Dalk is hy gelukkig om die pragtige Amy raak te loop, maar hy hoop verniet. Dit is stil by die huis. Daar is geen beweging nie. Gerrit gaan sit op 'n duin en haal vir hom die kos uit wat hy gekoop het en eet sommer daar. Hy voel dat die wind sterker begin waai. Daar broei iets in die lug. Gerrit hoop net dat sy tent dit gaan hou.

Hoofstuk 7

Amy het die hele dag op die bank ontspan met 'n boek. Vir die eerste keer in 'n lang tyd is haar gedagtes nie meer gevul met hartseer nie. Sy het berusting gevind, en dit vul haar met 'n diep, kalmerende vrede. Terwyl sy opkyk, merk sy hoe die wind buite begin waai. Sy skuif nader aan die venster en kyk hoe donker wolke oor die see saamgepak word. Daar is iets dreigend aan die gesig, en dit laat haar onrustig voel.

Sy besluit om die kussings en stoele wat buite staan, In te bring voordat die weer dit dalk beskadig. Met 'n doelgerigte pas maak sy die glasdeur oop en dra die stoele een vir een na binne. Daarna stap sy deur die huis en maak seker dat al die vensters stewig toe is. Haar voertuig is veilig in die motorhuis, die deure is gesluit, en sy weet sy is beskut teen die naderende storm.

Terwyl sy na die rusbank terugkeer met haar beker koffie, dink sy aan Gerrit, die man wat in 'n tent langs haar huis slaap. Sy wonder of hy steeds daar is en hoe sy tent ooit hierdie storm kan weerstaan. Sy probeer weer fokus op haar boek, maar die gedagte aan Gerrit bly haar pla. Moet sy hom gaan roep? Maar sy ken hom nie regtig nie.

"Ag, Amy," praat sy met haarself, "die man lyk heeltemal onskadelik. Hy gaan dit nooit maak in hierdie storm nie." Tog huiwer sy.

Haar gedagtes maal steeds toe 'n harde klop aan die glasdeur haar laat regop sit. Sy spring op en hardloop na die deur. Wie sou dit wees wat so dringend aanklop? Toe sy die deur bereik, sien sy Gerrit daar staan – natgereën, sy klere deurdrenk en sy oë vol hulpeloosheid. Sy bly vir 'n oomblik versteen, bewus daarvan dat sy nog nie vir hom oopgemaak het nie. Die arme man, dink sy. Hy kan nie daar buite bly nie.

"Amy..." praat Gerrit nog voordat sy kan groet. "Jammer ek pla, maar ek het nie besef dat die weer so erg gaan word nie. My tent is heeltemal vernietig. Kan ek dalk net vir 'n rukkie hier op die stoep sit totdat die weer verby is?" vra hy vinnig. Sy kan hoor dat hy koud kry. Hy staan eintlik en bewe. Alles van hom is nat en sy is seker sy klere in sy sak is ook nat.

"Op die stoep sit, nee, kom in. Jy is sopnat, jy gaan net siek word as jy nog buite in die weer moet bly sit," nooi Amy hom in. Hy laat nie op hom wag nie. Hy kry koud en is nat. Hy soek net bietjie hitte.

"Baie dankie. Ek sal nie lank bly nie." Vir Amy voel dit asof Gerrit die hele vertrek vol staan. Hy is regtig 'n groot man. Sy voel hoe haar hand effens bewe. En haar keel voel weer droog. Wat gaan aan met haar? Hoekom het hierdie vreemde man hierdie uitwerking op haar?

"Ek gaan haal vir jou 'n handdoek. Jy is sopnat," sê sy. Hy stap na die kombuistafel en sit sy sak op die tafel neer. Al sy klere is nat. Hy voel yskoud. Amy gee vir hom 'n handdoek en hy trek dadelik sy hemp uit en begin om homself droog te vryf.

"Baie dankie. Ek waardeer jou gasvryheid." Amy kyk op na hom maar kyk vinnig weg toe sy besef hy het nie 'n hemp aan nie.

"Kan ek vir jou koffie maak?" bied sy aan.

"Ja asseblief. Dit sal baie lekker wees," antwoord Gerrit terug. Hy gaan sit op een van die kombuistafel se stoele.

"Hoe drink jy jou koffie?" vra Amy met die suiker pot in haar hand.

"Twee suiker en melk asseblief. En ek dink jy moet die koffie maar sterk maak asseblief. Ek dink ek kort ekstra kafeïen," vra Gerrit en vryf oor sy arms.

"Kan ek vir jou 'n kombers gee?" Ek het ongelukkig nie 'n droë hemp wat jou sal pas nie. Maar 'n kombers sal jou darem warm maak," Amy stap na die bank toe waar 'n kombers lê.

"Asseblief. Ek sal dit waardeer. Ek kry vreeslik koud. Dit voel nie of my lyf wil warm word nie," Gerrit kyk by die vensters uit. Dit is donker buite en die wind waai nog erg en dit reën hard. Hy vat die kombers en gooi dit oor sy skouers.

"Dit is. Ek het nie gedink dat die weer so vinnig kan verander nie. Maar jy is seker gewoond daaraan," gesels Amy met Gerrit.

"Hoekom sê jy so?" vra Gerrit. Dan skielik besef hy dat sy bedoel oor hy 'n visserman is. "Ja ... Askies... Ek is. Die weer kan vinnig verander op die see," antwoord hy vinnig. "Dit kan nogal angswekkend wees."

"Ek is seker dit kan," Amy gee hom sy beker koffie en hy begin dadelik daaraan drink. Hy voel sommer hoe die hitte deur sy liggaam gaan.

"Mmmm... Baie dankie. Dit is nou 'n lewensredder hierdie," Gerrit vou altwee sy hande om die beker om meer van die hitte in te kan neem. "Is jy met vakansie hier in die dorp of woon jy hier?" vra hy nuuskierig vir Amy.

"Ek is met vakansie," antwoord sy. "Ek bly in die Kaap, maar ek moes net wegkom van die stad en al sy lawaai. Dit kan nogal soms te veel raak," Amy sit gemaklik agtertoe in die bank. Sy is verbaas dat sy so gemaklik voel by hierdie man. Hy is eintlik net 'n vreemdeling maar dit is asof sy hom ken.

"En jou man?" vra Gerrit versigtig. Hy moet weet of sy getroud is.

"Ek is geskei. My gewese man bly ook in die Kaap. Dit is nou maar 'n paar maande wat ek nie meer getroud is nie," Amy kyk af na haar hande.

"Jammer ek vra so baie uit," Gerrit voel skielik skuldig oor hy soveel vrae vra.

"Dit maak nie saak nie. Jy is welkom om te vra." Gerrit staan op en gaan sit op die bank. Sy broek het intussen droog geword en sy hemp is ook nie meer so nat nie. Hy geniet Amy se nabyheid. Amy skuif ongemaklik rond. Dit is senutergend om so naby aan hierdie man te sit. Dit reën nog aanmekaar en raak al hoe kouer. Sy besluit om ook warmer te gaan aantrek en 'n kombers te kry.

"Verskoon my net vir 'n oomblik ek gaan ook net warmer aantrek," sy staan op en stap die vertrek uit. Gerrit kyk haar agterna. Hy het lanklaas so 'n skoonheid gesien. Maar dit is nie nou die tyd om 'n verhouding aan te knoop nie. Hy moet eers hierdie saak oplos. Amy kom terug in die vertrek in. Sy kom sit weer langs hom op die bank.

"Dit was so lekker warm vanoggend nou is dit yskoud," sy maak haarself gemaklik en vou haarself toe onder die kombers.

"Ja, ons is vir die volgende dag of twee op die land. Die visserskuit kan nie uitgaan nie," sê Gerrit.

Vir Amy en Gerrit voel dit of hulle mekaar jare al ken. Hulle gesels en lag saam. Amy staan weer op en maak vir hulle nog koffie. Die weer het nog glad nie verbeter nie. Maar hulle kom dit nie agter nie. Dit is al laat toe Amy begin gaap. Gerrit besef dat dit seker tyd is vir hom om te gaan. Maar waarheen weet hy glad nie.

"Dit raak laat. Ek dink dit is slapenstyd vir my." Amy staan op en vou die kombers op. Gerrit staan ook op.

"Ja ek moet seker ook maar gaan. Dankie vir die lekker kuier en koffie," hy wens dat hy nog net vir 'n rukkie kon sit en gesels met haar.

"Waar gaan jy nou heen gaan, jou tent het dan weggewaai. En die storm klink vir my erger buite?" vra Amy.

"Ek sal wel 'n plan maak," antwoord hy.

"Wel, ek het 'n plan. Bly net hier. Jy kan op die bank slaap. Dit gaan baie warmer en gemakliker wees vir jou," nooi Amy vriendelik

"Is jy seker?" vra Gerrit versigtig,

"Ek is seker. Jy is welkom om hier te bly tot die storm verby is. Jy gaan net weer natreën en ek soek nie 'n siek man op my gewete nie," antwoord Amy hom terug.

"Nou goed, baie dankie. Ek sal dit eintlik baie waardeer," antwoord hy verlig.

Amy gee vir hom nog 'n kombers en 'n kussing. Sê dan nag en verdwyn in haar kamer in. Sy maak die deur sag toe. "Hemel Amy, wat gaan aan met jou? Nooi 'n man wat jy skaars ken om by jou te bly," maar dan glimlag sy, dit voel asof hulle mekaar nog altyd ken. Sy kan nie onthou wanneer laas sy so lekker gesels het met iemand nie. Dit voel asof daar weer kleur in haar lewe is vandat sy vrede gemaak het met Louis se dood. Sy kan weer net haarself wees.

Amy val in 'n rustige slaap, terwyl die storm buite voortwoed. Ondanks die chaos daar buite, is haar gemoed gevul met vrede. Vir Gerrit is dit egter 'n heel ander nag. Hy lê wakker, oorweldig deur gedagtes oor Amy en die impak wat sy op hom het.

Hoe gaan hy ooit eerlik met haar wees oor wie hy regtig is en hoekom hy hier is? Elke keer voel dit asof die leuen net groter en swaarder raak. Maar kan hy haar ooit vertrou met die waarheid? Of sal hy haar daarmee in gevaar stel? Hy sug diep en draai ongemaklik op sy sy.

Waarom moes hy haar juis nou ontmoet? Hierdie beeldskone vrou met 'n ongelooflike persoonlikheid, iemand wie se liefde en warmte amper tasbaar is. Hy wil haar teen sy bors vashou, haar koester en nooit weer laat gaan nie. Maar sal hy ooit daardie voorreg hê? Hoe is dit moontlik dat een persoon so onverwags in jou lewe kan kom en alles op sy kop kan keer?

Gefrustreerd trek hy die komberse styf oor hom. Daar is geen sin om langer hieroor te tob nie – vanaand sal hy beslis nie al die antwoorde op sy vrae kry nie.

Hoofstuk 8

Gerrit word vroeg wakker. Dit is nog donker buite. Die wind waai nog steeds sterk en dit reën aanmekaar. Jan het mos gesê die see is kwaad. Hy sit regop. Hy wonder of hy vinnig sal kan stort. Dit voel asof hy dae laas behoorlik geskeer het. Dan staan hy op en stap badkamer toe om te stort terwyl Amy nog slaap. Gerrit voel sommer baie beter toe hy klaar gestort het. Hy maak vir hom koffie en gaan sit op 'n bank by die venster. Dit is onplesierig buite maar die see lyk vir hom soos 'n skildery.

"Môre..." praat Amy onverwags agter hom.

"Môre Amy," antwoord hy terug. Sy lyk nog mooier as wat hy onthou. Haar hare is deurmekaar en sy het 'n kombers om haar skouers gegooi. Sy gaan sit op 'n stoel naby hom. Hy is nou die een wat ongemaklik rondskuif. Hy staan op.

"Mmmm... Kan ek nou vir jou koffie maak?" vra hy versigtig. Hy moet iets doen om homself besig te hou. Hy voel glad nie homself met haar so naby hom nie.

"Asseblief, dit sal baie lekker wees," antwoord Amy. "Die weer lyk nog sleg daar buite. Julle sal seker nie vandag uit gaan met die skuit nie?" vra sy.

"Nee. Die see is nog te kwaad. Waarvoor weet ek nog nie maar ons sal eers weer gaan wanneer die weer opgeklaar het." Gerrit wonder of hy nog hier by haar sal kan bly. Hy het geen behoefte om op 'n ander plek te wees nie.

"Jy is welkom om hier te bly tot dan," antwoord Amy sonder dat sy bewus is dat hy daaroor wonder. Hy gee vir haar die beker koffie.

"Baie dankie," antwoord hy. As sy maar net weet hoe graag hy hier by haar wil bly.

"Dankie vir die koffie. Dit gaan heerlik wees."

"Dit is 'n plesier. Ek sal nou-nou vir ons ontbyt maak. Het jy iets of moet ek dalk vir ons gaan kry," vra Gerrit. Hy weet nie hoe haar kos voorraad lyk nie.

"Ek sal moet kyk. Ons kan dalk met my voertuig ry en goedjies gaan kry. Sal die winkels oop wees in hierdie vreeslike weer? Ek kan nie dink dat daar veel besigheid is op 'n dorp soos hierdie as daar 'n storm is nie." Gesels sy met Gerrit.

"Laat ek net eers kyk. Dalk is hier iets wat ek kan gebruik."

"Hou jy van kos maak?" vra Amy skielik nuuskierig.

"Ja ek maak graag kos. My ma het my van jongs af geleer. So jy kan agteroor sit en ontspan, jy het jouself oor my ontferm so ek sal myself oor jou ontferm en vir jou ontbyt maak."

Gerrit staan dan ook op en stap kombuis toe. Amy sak net dieper weg in die stoel. Dit is 'n aangename oggend. Gerrit het alles gekry wat hy nodig het om ontbyt te maak. Hy vat dit vir haar daar waar sy onder die kombers sit. "Dankie, dit ruik hemels," antwoord Amy. En dit is ook net so lekker. Amy en Gerrit geniet die heerlike oggend saam. Gerrit kry dan ook 'n paar bordspeletjies en nooi Amy om saam met hom te speel. Sy staan dadelik op en met kombers en al gaan sit sy by hom by die tafel.

Amy geniet elke oomblik. Hulle lag en kuier die hele dag. Amy besef dat sy baie vinnig besig is om 'n gevoel te ontwikkel vir hierdie groot man. Elke keer wanneer hulle per ongeluk aan mekaar raak voel dit soos 'n elektriese stroom wat deur haar gaan. Gerrit voel dit ook. Maar Gerrit weet dat hy nie nou moet kop verloor nie. Hy kan nie nou betrokke raak by haar nie. Hy moet eers hierdie saak afhandel en dan moet hy vir haar die waarheid vertel. Amy sien hoe Gerrit stil raak. Sy wonder wat is fout.

"Gerrit, is alles reg? Jy is skielik stil." Sy hou hom dop.

"Jammer, ek voel net dat daar iets besig is om te gebeur tussen ons twee, en ek weet nie of ek dit nou kan toelaat nie." Hy kyk na Amy. Vat onverwags aan haar hand.

"Mmmm...Wat is besig om te gebeur?" vra sy versigtig.

"Jy weet wat is besig om te gebeur. Ek voel iets wat ek nog nooit gevoel het nie." Gerrit kan nie wegkyk van haar nie. Hy wil haar net teen hom vashou.

"Gerrit..." is al wat Amy uitkry voordat sy opstaan en na die venster toe stap. Haar oë dwaal oor die stormagtige see, waar groot golwe woed. Sy voel hoe haar hart vinniger begin klop, 'n weerspieëling van die onrus binne haar.

Gerrit kom stil agter haar staan en vou sy arms om haar. Hy trek haar teen hom vas, sy warmte en sterkte 'n bron van troos. "Gerrit, wat is besig om te gebeur?" vra sy sag, haar stem huiwerig terwyl sy haar kop teen sy bors laat rus.

Hy antwoord sonder aarseling: "Ek is besig om verlief te raak op jou. Dit is wat besig is om te gebeur."

Amy sug diep en draai in sy arms om, haar oë ontmoet syne. "Dit is ook wat besig is om met my te gebeur," erken sy met 'n sagte glimlag. Haar arms gly om sy lyf, en hulle staan so vir 'n oomblik in stilte vasgevang. Amy voel hoe sy hart teen haar klop, sy ritme effens onegalig. Sy lig haar kop op en kyk na hom, en dan sak sy kop tot hulle lippe mekaar vind.

Vir Amy voel dit asof tyd tot stilstand kom. Sy het nooit gedink sy sou weer so voel nie. Trouens, sy het nog nooit só gevoel nie. Sy was lief vir haar vorlge man, ja, maar met Gerrit is dit anders. Hier is 'n warmte, 'n liefde, 'n diep omgee wat haar hart vul. Sy druk haarself nog stywer teen hom aan, asof sy hierdie gevoel wil vasvang en nooit weer laat gaan nie.

Gerrit verloor homself in die soen. Hoe is dit moontlik, wonder hy, dat hierdie vrou sy hele wese so ingeneem het? Hy weet dat niks ooit weer dieselfde sal wees nie. Hy lig sy kop stadig en lei Amy saam met hom terug na die bank. Hulle vou 'n kombers om hulle en sit in mekaar se arms terwyl hulle na die see staar.

Buite begin die storm bedaar. Die woelige see raak ook rustiger, 'n stille belofte van kalmte wat môre bring. Maar Gerrit se gedagtes bly onrustig. Hy weet hy sal Amy die waarheid moet vertel, al voel dit op hierdie oomblik veiliger om stil te bly. Wat as die waarheid haar in gevaar stel? Kan hy die risiko neem?

Hy druk haar stywer teen hom vas en besluit om die waarheid vir nou te bêre. Hy hoop dat, wanneer die tyd reg is, sy sal verstaan. Gerrit en Amy raak so aan die slaap. Vroeg die volgende oggend word hulle wakker. Dit is nog skemer. Gerrit soen weer vir Amy en staan op. Vir hom is dit tyd om op te staan.

"Ek sal moet gaan. Ek moet gaan kyk wat gaan op die hawe aan, hoor of die skuit kan uitgaan." Hy voel spyt dat hierdie paar dae saam nou tot 'n einde moet kom.

"Belowe jy sal weer kom. Ek sal vanaand vir jou iets maak om te eet. Jy hoef nie weer in 'n tent te slaap nie. Ek is nog 'n rukkie hier en jy kan regtig nog op die bank slaap tot ek moet teruggaan Kaap toe," bied Amy aan.

"Goed, dit sal wonderlik wees om nog saam met jou te kuier. Maar moet eerder nie kos maak nie. Ek is nie seker hoe laat ons terug sal wees nie. Dit hang alles af van die vis," verduidelik Gerrit.

"Dit is reg ek verstaan." Amy glimlag vir Gerrit. "Maar jy kan enige tyd kom, ek sal vir jou oopmaak," vir seker Amy vir Gerrit.

"Dan sien ek jou later." Gerrit buk af en gee weer vir haar 'n soen.

Amy sug en wens hy kan net nog 'n rukkie hier by haar bly. Maar Gerrit draai om en stap na die deur toe. Hy moet homself dwing om te gaan werk. Hy draai om en sien Amy lieflik op die bank onder die kombers lê.

Wat het hy reg gedoen om hierdie vrou te ontmoet
wonder hy. Hy maak die deur agter hom toe en stap
na die strand toe. Hy gaan vinnig moet antwoorde kry
hy hou niks daarvan om vir Amy te jok nie. Hy het 'n
beklemming om sy hart. Hy hoop sy sal die dag
verstaan wanneer hy haar uiteindelik die waarheid
vertel.

Hoofstuk 9

Amy maak haar oë oop en sug behaaglik. Sy voel soos 'n nuwe mens. In 'n kwessie van 'n paar dae het sy verander van 'n depressiewe vrou na een wat weer gelukkig is. Sy is weer die lewenslustige Amy. Sy spring op, stort, trek haar mooiste rok aan en kam sy haar hare tot dit blink. Sy soek mense om haar. Amy maak tydsaam klaar, doen moeite met haar grimering. Dan vat sy haar handsak en klim in haar voertuig. Sy ry dorp toe en besluit om sommer op die punt van die hoofstraat te stop en verder te stap. By elke winkel word sy bewonder. Haar lewenslus straal uit haar uit.

"Môre mevrou," word sy vriendelik gegroet by een van die winkels. Daar is pragtige klere wat in die winkel hang.

"Môre," antwoord Amy. "Julle het pragtige klere," komplimenteer sy die verkoopsdame.

"Baie dankie mevrou ons maak dit self hier in ons dorpie. Daar is 'n klompie talentvolle dames wat hier in die omgewing woon. Amy sien 'n rok raak waarvan sy hou en besluit om dit te gaan aanpas. Die rok komplimenteer haar postuur pragtig en sy besluit om dit te koop. Sy wil mooi lyk vanaand vir wanneer Gerrit van die werk af kom. Daar is nog 'n paar dae van haar vakansie oor en sy wil elke oomblik benut wanneer sy saam met hom is.

"Ek sal hierdie een vat," sê sy vir die verkoopsdame.

"Uitstekende keuse mevrou." Die dame sit dit in 'n sak en Amy betaal haar aankope en stap die winkel uit. Die res van die dag stap sy by elke winkel in. Koop vir haar middag-ete by 'n oulike restaurant en dan kry sy 'n klompie kruideniersware net sodat daar iets is vir as Gerrit betyds is vir ete vanaand. Amy glimlag. Hoe het dit gebeur? Sy het nooit kon droom dat sy ooit weer so sou voel nie. Sy weet nie hoe hulle pad vorentoe lyk nie. Maar sy weier om daaraan te dink, sy wil net leef vir die oomblik.

Gerrit se dag op die skuit is gejaagd. Die vangste is buitengewoon groot, en hulle het beslis die kwota oorskry. Die storm van die afgelope paar dae het die visse na die oppervlak gedwing en die nette is oorvol. Tussen die werkery deur hoor hy weer die manne praat oor die Lotto-geld wat hulle glo gaan kry.

Laatmiddag anker die skuit by die hawe. Terwyl Gerrit die dek opruim, vang sy oog Piet wat met dieselfde man praat as 'n paar dae tevore. Hy sien hoe die vreemdeling 'n stapel koeverte aan Piet oorhandig. Instinktief weet Gerrit waarvoor dit is. Wie is hierdie man? Wat is sy rol in die bedrywighede?

Hy haal sy selfoon versigtig uit sy sak, kyk vinnig om hom rond om seker te maak niemand let op nie, en neem 'n foto van Piet en die vreemdeling. Met dieselfde diskresie druk hy die foon terug in sy sak. Hy moet die landingsverslae in die hande kry. Dit is die sleutel om te bewys wat hy vermoed. Hy is oortuig daarvan dat die span hul kwota doelbewus oorskry en die oortollige vis onderlangs teen 'n goedkoop prys te verkoop, eerder as om dit terug in die see te gooi. Maar sonder bewyse kan hy niks doen nie.

Piet en die vreemdeling groet, waarna Piet na Gerrit en die ander bemanningslede toe stap. Een vir een oorhandig hy 'n koevert aan elkeen. Wanneer dit Gerrit se beurt is, vang hy die flits van 'n paar R100-note binne-in die koevert. Hy sê niks, neem dit stilweg aan, en druk dit by die ander geld in sy sak. Alles is bewyse, dink hy. Hy moet net lank genoeg wag om die volle prentjie bymekaar te sit.

"Goed julle. Ek sien julle môreoggend. Julle moet vroeg hier wees en reg maak om te oornag, ons moet môre aflaai in Mosselbaai." Praat Piet met hulle. Dalk is dit die geleentheid vir hom om die landingsverslae te soek, dink Gerrit. Hy stap weg en haal sy foon om die foto vir die Inspekteur te stuur. Hy skakel die nommer van die inspekteur.

"Gerrit," antwoord hy ook dadelik. "Ek het gewonder wat van jou geword het," sê die inspekteur bekommerd.

"Jammer Inspekteur. Daar was 'n groot storm hier wat ons op land gehou het. Maar ek het 'n foto gestuur. Dit is van Piet Smit en nog 'n man. Hy het vir die manne weer Lotto geld gegee. Dalk ken Inspekteur hom," verduidelik Gerrit.

"Ek sal kyk daarna dankie," antwoord die Inspekteur.

"Ek het gewonder kan Inspekteur dalk die landings-verslae in die hande kry vir die Albatros?" vra Gerrit.

"Ek behoort," antwoord die inspekteur.

"Ek wil kyk of ek Piet se verslae kan kry. Ek dink daar is beslis iets aan die gang met die kwotas en die gewig. Ons kan dit dalk vergelyk met mekaar."

"Dit is reg Gerrit, ek sal kyk wat ek kan doen om dit in die hande te kry," antwoord die inspekteur. "Wees net versigtig. Hierdie mans kan gevaarlik raak as hulle bedreig voel." Waarsku die inspekteur hom.

"Ek sal wees," antwoord hy

"Goed, totsiens ons praat dan weer oor 'n paar dae," groet die inspekteur Gerrit.

"Dit is reg, tot later dan," groet Gerrit ook en sit die foon weer in sy sak.

Hy sal versigtig moet wees. Hoe hy daardie verslae gaan in die hande kry weet hy nog nie. Dan kom hy voor Amy se vakansie huis tot stilstand. Hy moet eers al sy planne een kant toe skuif en al sy aandag aan daardie pragtige vrou gee. Hy sien haar by die venster staan in die sitkamer. Sy staan ook na hom en kyk. Asof sy vir hom wag. Sy slaan sy asem weg. Sy is beeldskoon soos wat sy daar staan. Sy hande beweeg vanself en hy maak die hek oop en stap met die paadjie op na die stoep. Die deur is oop. Sy hou hom heeltyd dop. Hulle oë ontmoet en daar verskyn 'n glimlag op Gerrit se lippe. "Pragtig," is al wat hy sê.

43

"Dankie," antwoord Amy en daar verskyn 'n aanloklike blos op haar gesig.

"Ek sou jou vreeslik graag in my arms wou neem. Maar ek dink nie jy wil na vis ruik die heel aand nie," terg Gerrit. Hy stap nader aan Amy.

Sy lag skielik maak asof sy haar neus toe druk.

"Ja asseblief, gaan stort."

"Goed skone dame, ek sal so maak," Hulle kyk vir 'n oomblik na mekaar en begin dan lag.

Hoofstuk 10

Amy staan voor die stoof en roer aan iets wat baie aanloklik ruik. Gerrit het intussen klaar gestort en staan teen die kas en kyk vir haar. Hy kan sy oë nie van haar af hou nie. Sy draai om en trek haar asem in. "Gerrit! Hoe lank staan jy al daar?" vra sy. "Jy het my laat skrik."

Gerrit staan nader. "Nie te lank nie." Hy hou sy hande uit na haar. "Kan ek jou nou vir 'n rukkie in my arms hou? Ek belowe die vis en see is afgewas, ek is mooi skoon," terg hy Amy wat stadig na hom toe loop. Haar arms gaan om sy groot lyf en hy vou haar toe in sy arms. Hier is waar sy tuis voel. Haar veilige plek. Sy hoor sy hartklop onegalig klop. Hier wil sy net wees, in sy arms. Sy lig haar kop en hulle gee mekaar 'n soen wat Amy se knieë wankelrig laat voel. Sy druk hom saggies weg. "Die kos... . nou-nou brand dit." Praat sy saggies en draai om om die plaat af te sit.

"Dit ruik heerlik," sê Gerrit en staan nader om te kyk wat in die pot is. Hy is rasend van die honger vanaand.

Amy skep vir hulle op en hulle gaan sit by die tafel. Gerrit vat haar hand en vra die seën. Dit is 'n gesellige ete. Na ete maak Amy vir hulle elkeen 'n beker koffie en hulle gaan sit langs mekaar op die bank.

"Amy, daar is iets wat ek jou wil vra?" vra hy versigtig.

"Ja, wat wil jy my vra?"

"So paar dae terug was jy by 'n restaurant by die hawe, jy het by die restaurant uitgehardloop asof iets jou jaag. Ek was die man in wie jy vasgehardloop het. Later daardie aand toe ek my tent opslaan, sien ek jou weer daar onder by die strand. Jy was baie hartseer gewees." Amy skuif skielik ongemaklik rond langs Gerrit. "Wat was fout, wat het gebeur dat jy so opgetree het?" Hy neem haar hand. "Jammer as ek te nuuskierig is. Jy het my groot laat skrik toe jy so na die water toe hardloop, ek het amper gedink dat jy jouself wou gaan verdrink het." Amy kyk op na hom.

"Dit kon dalk so lyk, maar nee. Maar ek het net amper verdrink in my hartseer." Amy huiwer vir 'n oomblik maar sy vertel tog vir Gerrit van haar seuntjie, Louis. Van haar man wat sy weggedryf het en dan die hartseer daar in die restaurant.

En dan vertel sy hom van haar ongelooflike oomblik daar langs die strand. Die vrede wat sy ervaar het toe sy vir Louis sien. Gerrit het nog nooit so naby aan iemand gevoel nie. Amy deel met hom haar grootste hartseer en haar grootste deurbraak in haar lewe. Dan voel hy skielik 'n beklemming om sy hart. Hoe gaan sy hom ooit kan vergewe as hy haar die dag vertel wie hy werklik is. Hy kan nie die kans waag om haar te vertel nie. Hoe minder sy weet hoe beter vir haar.

"Gerrit?"

"Waarheen het jy verdwyn?" vra sy hom.

"Jammer. Nêrens. Ek dink net daaraan dat ek nie kan glo dat ek so gelukkig kon wees dat ek besluit het om my tent langs jou huis op te slaan nie. Nou het ek jou ontmoet," hy glimlag vir haar sit sy arm om haar en trek haar nader aan hom. So sit hulle en kuier die hele aand. Heelwat later staan sy op. "Ek gaan maar inkruip," sê sy.

"Ja ek moet ook. Môreoggend moet ek vroeg by die hawe wees. Ons gaan in Mosselbaai aflaai. Ek hoor by Piet dat ons gaan oornag op die skuit. So ek gaan jou vir 'n dag of twee nie sien nie," hy trek Amy weer in sy arms in.

"Ek gaan jou mis," is al wat Amy sê. Hy hou haar vir 'n oomblik vas en druk 'n soen op haar voorkop. "En ek vir jou." Dan soen hy haar op haar lippe. Hou haar weer vir 'n oomblik vas en laat haar gaan.

"Lekker slaap skone dame," terg hy weer.

Amy bloos verleidelik. "Nag Gerrit," sy draai om en verdwyn by die kamer in.

Gerrit trek sy hemp uit en laat hom moeg op die bank neerplof. Die vertrek voel onmiddellik hol en koud sonder Amy se teenwoordigheid. Hoe is dit moontlik dat sy, amper ongemerk, so diep deel van hom geword het? Dit oorweldig hom, dié gevoel van verlies, al is sy net 'n kamer weg. Maar hy het nie tyd om hieraan te bly dink nie. Die saak moet afgehandel word. Nou.

Môreaand gaan hy daardie verslae in die hande kry. Iewers daarin moet die waarheid skuil oor Piet Smit en daardie vreemde man. Hulle hou iets weg, en hy gaan uitvind wat dit is. Maak nie saak hoe gevaarlik of ingewikkeld dit mag wees nie, hy sal die waarheid blootlê.

Die volgende oggend is Gerrit vroeg op die hawe, die seelug skerp in sy longe. Hy is reg vir die dag se werk, sy doel vas. Een vir een daag die bemanningslede op, groet grofweg, en stel hulleself in posisie. Piet bulder bevele en die anker word stadig gelig. Die skuit vertrek, sy romp klief deur die water, en die lang, harde dag van visvang begin.

Die son slaan neer met 'n genadeloosheid wat hy al begin ken het. Die golwe hef hulle hoog, breek met geweld, en spat koue soutwater oor die dek. Gerrit voel hoe die see hom roep, hoe hy stadig sy balans en ritme in hierdie ongenaakbare wêreld vind. Hy werk sy hande rou saam met die manne, elke beweging deel van die ruwe dans van vissermanne op die oop see.

Maar in sy agterkop bly sy gedagtes maal. Piet Smit. Die vreemde man. En wat hulle probeer wegsteek.

"Jan!" roep Gerrit.

"Yes, yes. Waarmee kan ek jou help," Jan kom staan langs Gerrit terwyl hulle besig is om die nette uit die water te trek. "Die kabeljou lyk mooi vandag," gesels Jan.

"Ja. Dink jy dat daar weer 'n paar rand ons kant toe gaan kom?" vra Gerrit nuuskierig.

"Dalk. Ek weet nie," antwoord Jan vir Gerrit.

"Hoe werk hulle dit uit. Ek het nog nooit Lotto geld gekry nie. Moet sê dit is nogal 'n aangename bedraggie," gesels Gerrit met Jan. Hy moet meer oor dit probeer uitvind.

Jan kyk na Gerrit. "Dit is nogal. Die vrou by die huis hou veral daarvan."

"Nou hoe doen hulle dit?" por hy Jan aan.

"Hoe doen hulle wat?" vermy Jan die vraag.

Gerrit wonder of hy homself aspris dom hou of weet hy regtig nie.

"Hoe werk hulle die Lotto geld uit? Hoe gebeur dit dat ons dit kry?"

"Ek is nie heeltemal seker nie. Ek weet net as die visse mooi gebyt het en ons baie het dan kry ons 'n koevertjie. Ek vra nie vrae nie, ek geniet net die ekstra geld. Hou die ou vrou *happy* by die huis," verduidelik Jan. "Hoekom vra jy? Wat maak dit saak hoe dit werk en hoekom ons dit kry. Piet Smit is 'n goeie man hy kyk mooi na ons." Jan wonder hoekom Gerrit al die vrae vra.

"Ek het net gewonder." Gerrit besef hy moet nou versigtig wees. Nie te veel vrae vra nie. Nou-nou raak Jan agterdogtig. Dit raak besig op die skuit en Gerrit kry nie weer 'n kans om met Jan te gesels nie. Die aand is die see stil. Dit lyk soos 'n spieël om die boot. Daar is niks golwe op die water nie en geen wind wat waai nie. Piet het die boot afgeskakel en anker gegooi sodat die bemanning rus kan inkry. Dit was 'n lang dag.

Hulle moet môreoggend vroeg in Mosselbaai anker gooi. Daar is baie vis wat geweeg moet word. En daar is 'n handelaar wat dringend van die kabeljou soek. Hy sal groot geld betaal vir 'n vrag. Hy raak sommer opgewonde as hy dink aan die mooi bakkie wat hy een van die dae vir hom gaan koop. Hierdie vis besigheid is meer lonend as wat hy gedink het. Die bemanningslede weet nie van die ekstra geld wat hy elke keer in sy sak steek nie. Hulle is tevrede met 'n paar R100 elke keer. Vir hulle is dit baie geld. Hy *score* groot elke keer wat hulle aflaai. Hy glimlag vir homself. Die lewe is lekker. Dan raak hy aan die slaap.

Gerrit wag in stilte, sy ore gespits vir enige geluid wat deur die skemer stilte van die kajuite breek. Een vir een verdwyn die manne in die greep van slaap, en wanneer hy seker is die dek is stil, staan hy stadig op. Elke voetstap voel soos 'n skreeu oor die plankvloer. Sy hart hamer in sy bors.

Hy glip deur die gang, sy skaduwee vlugtig teen die flou maanlig wat deur die luike insypel. Voor Piet se kajuit stop hy. Sy hande bewe liggies toe hy die deurknop draai. Iewers hierbinne moet die landingsverslae wees. Piet slaap gereeld op die dek – 'n gewoonte wat Gerrit dankbaar verwelkom.

Hy stap versigtig in, sy selfoon se lig die enigste helder punt in die donker ruimte. Met gefokusde haastigheid begin hy die laaie oopmaak en deursoek. Papier ritsel sag; elke geluid klink vir hom skokkend hard. Dan, in een van die laaie, sien hy dit: 'n stapel dokumente. Sy hart klop vinniger. Dis wat hy gesoek het.

Met bewerige hande neem hy vinnig foto's van die bladsye. Dan sit hy die dokumente so stil as moontlik terug in die laai. Maar net toe hy hom omdraai, sny 'n stem deur die donker:

"Wat soek jy in Piet se kajuit?"

Gerrit verstyf. Sy asem raak vlak. Hy draai stadig om en sien Jan in die deuropening. Jan kyk hom stip aan, sy gesig 'n mengsel van wantroue en nuuskierigheid.

"Ek... uhm..." Gerrit skraap sy keel, probeer vinnig dink. "Ek het 'n vreeslike hoofpyn. Ek dink die son het my gevang vandag. Ek het net kom soek vir hoofpynpille. Ek wou nie vir Piet wakker maak nie."

Jan kyk hom 'n oomblik aan, sy oë smal. "Jy kon net vir my gevra het. Ek het pille in my sak. Luister mooi, bly uit hierdie kajuit uit. As Piet jou hier kry, gooi hy jou oorboord."

Jan draai om en stap weg, sy stem 'n laaste bevel oor sy skouer: "Kom saam, ek sal jou gee wat jy soek." Gerrit sluk swaar, sy hande klam van sweet. Hy stap agter Jan aan, sy selfoon skelm in sy sak weggebêre. Binne-in voel hy hoe die spanning soos 'n knyptang aanhou draai.

Later die aand lê Gerrit op sy bed, maar slaap kom nie. Sy gedagtes maal oor wat gebeur het, en oor die foto's op sy selfoon. Hy hou die toestel styf vas, bang dat iemand dit in die nag kan kry. Die hele nag lê hy wakker, sy gedagtes 'n wirwar van planne en vrees.

Teen oggend voel hy uitgeput, sy kop kloppend van 'n werklike hoofpyn. Hy voel vasgekeer op die skuit, maar daar is geen keuse nie – hy moet voortgaan.

By Mosselbaai lê hulle anker. Gerrit hou Piet stip dop, sy oë waaksaam. Nog 'n man sluit by hulle aan, help Piet om die vis te weeg. Twee vragmotors staan gereed. Een word volgelaai, die ander net halfpad. Dit trek Gerrit se aandag. Hy weet van die kwota – een trok is genoeg. Maar waarheen gaan die res van die vis?

Hy haal stil 'n pen en papier uit, skryf die registrasie-nommers van die vragmotors neer. Sy hand bewe net effens toe hy sien hoe Piet in sy rigting kyk. Hy hou sy gesig neutraal, draai stadig om en stap nonchalant terug na die skuit.

Daardie middag vertrek hulle terug na Dwarskersbos. Gerrit bly bedrywig saam met die ander manne, maar sy gedagtes bly by die vrae wat hom pla. By Dwarskersbos wag nóg 'n trok, en weer skryf hy die registrasienommer neer.

Later daardie dag deel Piet vir almal koevertjies uit. Gerrit sien hoe die ander manne se gesigte ophelder toe hulle die gewig van die inhoud voel. Maar hy kry niks. Piet roep hom eenkant toe. Gerrit weet, soos die brander wat hom tref, dat hierdie gesprek belangrik gaan wees.

"Gerrit, hoe gaan dit met jou hier by ons?" vra Piet. Hy wonder hoekom vra hy skielik. Hy praat dan skaars met hom.

"Jan sê jy vra uit oor die ekstra geld wat julle kry?" sê Piet. Gerrit voel skielik bekommerd.

"Ek was net nuuskierig," antwoord hy versigtig.

"Julle manne werk hard. Ek kyk na julle. As ek na julle kyk, dan kyk julle na my en ons kan dan lekker saam visvang. Almal wen as die visse loop," verduidelik Piet.

"Dit is reg. Ek kla nie oor die paar rand wat ek kry nie." Gerrit probeer gemaklik klink maar eintlik klop sy hart in sy keel. Hy sukkel om te sluk.

"Jy lyk senuweeagtig. Wat is fout Gerrit?" vra Piet.

"Nee, niks is fout nie. Was maar net 'n besige twee dae," probeer Gerrit verduidelik.

"Nou maar goed hier is jou deel moet nou nie alles gaan uit suip soos die res van die ouens nie. Môre is alles klaar dan kou julle mense weer klippe in die aand." Piet lag en stap dan weg.

Gerrit voel hoe verligting oor hom spoel hy sug van verligting maar kan nie help om ook bekommerd te voel nie, iewers is iets nie pluis nie hy kan net nie sy vinger daarop sit nie. Maar dan skud hy dit af en begin aan stap na Amy toe. Hy is opgewonde om haar te sien. Uit hierdie hele saak is sy die een wat vir hom 'n ligpunt is asof sy die ligtoring is wat hom na veiligheid toe vat. Op pad daarheen stuur hy die foto's vir die Inspekteur en ook die registrasie nommers van die vragmotors in Mosselbaai en in Dwarskersbos. Iewers moet daar inligting wees oor wie die eienaars van die vragmotors is. Dalk help dit om die saak vinniger op te los. As hy reg is oor die kwotas wat die Albatros vang dan is die saak halfpad opgelos. Maar die inspekteur wil weet wie die brein agter alles is. En daarvoor het hy nog glad nie 'n antwoord nie. Dan is hy by die Strandhuis. Amy sit op die stoep en boek lees. Daar brand 'n gesellige vuurtjie in die braaier. Klasieke musiek kom na hom toe aangesweef.

Amy hoor Gerrit die hek oopmaak. Sy spring dadelik op en hardloop na hom toe. Sy het so verlang na hom. Sy sit haar arms om sy lyf en hou om vir 'n oomblik vas.

"Ek het al begin dink dat ek jou nooit weer gaan sien nie," sê sy met verligting in haar stem.

"Dit sal nooit gebeur nie. Maar laat ek net eers gaan stort. Ek moet vreeslik ruik. Ek was twee dae op see." Gerrit maak Amy se arms los om sy lyf.

"Nou goed, gaan stort gou. Ek het vleis uitgehaal en gedink ons kan dalk braai. Ek het nou wel 'n kans gevat en gehoop dat jy vanaand sal terugkom." Amy loop die trappe op in die huis in.

"En as ek nou nie vanaand huis toe gekom het nie," Gerrit glimlag liefdevol.

"Dan het jy uitgemis op 'n braai. Ek is vreeslik lus vir 'n lekker stukkie vleis." Amy neem die bak met vleis en stap na die deur toe. "Toe, gaan stort gou. Ek kry solank alles reg dan kan jy braai wanneer jy klaar gestort het."

"Nou goed ek sal gaan stort, ek sal nie lank vat nie." Gerrit draai om en verdwyn in die badkamer in. Sy liggaam is moeg na hierdie twee dae. Dit gaan lekker wees om iets behoorlik te eet en dan net lekker te slaap.

Hoofstuk 11

Amy en Gerrit geniet nog 'n gesellige aand saam. Hulle braai vleis, dans op die stoep en geniet net mekaar se teenwoordigheid.

"Ek is môre af. Wat sê jy ons ry bietjie en gaan verken die plekke rondom Dwarskersbos. Daar is soveel mooi dorpies hier naby," stel hy voor.

"Dit klink wonderlik," antwoord sy opgewonde, sy sien baie uit na die vooruitsig om 'n hele dag saam met Gerrit te kan spandeer.

Gerrit wil net uit die dorp, hy moet sy kop skoonkry. 'n Dag saam met Amy is al wat hy nodig het. Dan ruim hulle op en sê nag vir mekaar. Hulle gaan môreoggend sommer vroeg ry. Dit was 'n besige klompie dae en Gerrit is regtig baie moeg. Hy is nie van nature 'n visserman nie. Hy raak ook amper dadelik aan die slaap toe sy selfoon lui. Hy spring vinnig op en maak die deur na die stoep toe oop. Hy wil nie Amy pla nie.

"Inspekteur. Goeie naand," antwoord hy die foon.

"Jammer Gerrit dat ek jou so laat pla," antwoord die inspekteur terug.

"Ek het pas van jou kaptein af teruggekom," sê die inspekteur, sy stem laag en ernstig oor die lyn. "Ek het die registrasienommers vir hom gegee sodat ons die eienaars van die trokke kon nagaan. Gerrit, hierdie saak is groter as wat ek oorspronklik gedink het. Jou kaptein is ook bekommerd. Hy voel nie gemaklik dat jy alleen daar is nie."

Die woorde sny deur Gerrit soos 'n koue wind. Die onrustigheid wat hom die afgelope dae pla, steek weer op, 'n beklemmende gevoel wat nie wil wyk nie. Hy klem sy selfoon stywer vas.

"Wat is fout, Inspekteur?" vra Gerrit, sy stem versigtig, maar sy keel droog.

"Een van die trokke in Mosselbaai behoort aan Ben Viljoen," sê die inspekteur, sy toon nou ernstig en gespanne. "Hy is 'n bekende sakeman daar, maar ons vermoed hy is diep betrokke by dwelmhandel. Hy het ondernemings regoor die kus. Ons dink Piet Smit is moontlik een van sy handlangers. Ek het die landings-dokumente wat jy geneem het vergelyk. Hulle oorskry beslis hulle viskwota. Gerrit, jy het ongelooflike werk gedoen tot dusvêr. Ons het amper genoeg bewyse om hulle aan te vat."

Die inspekteur hou op praat, maar die stilte dra 'n gewig van onsekerheid saam.

"Dankie, Inspekteur," sê Gerrit uiteindelik, sy gedagtes 'n warboel. "Ek weet net nie... ek voel steeds onrustig. Dis asof daar nóg iets is. Iets wat ons mis. Ek bly nog 'n paar dae, net om seker te maak ons kry alles wat ons nodig het. Maar kan Meneer vir my 'n adres kry van Ben Viljoen se ondernemings? Ek wil self gaan kyk, seker maak dinge lyk reg."

Daar is 'n kort stilte aan die ander kant van die lyn. "Goed," sê die inspekteur uiteindelik. "Ek sal die inligting nagaan en dit vir jou stuur. Wees versigtig, Gerrit. Jy's dalk nader aan die vuur as wat jy besef."

"Dankie, Inspekteur. Ek sal versigtig wees. Geniet die aand."

Ná die oproep sit Gerrit die foon stadig neer, maar die onrustigheid bly. Die gevoel dat iemand hom dophou, kriewel in sy rug soos ysige vingers. Hy draai om, kyk vlugtig oor sy skouer, maar die straat is stil en donker. Hy stap terug huis toe, maak die deur agter hom toe en sluit dit versigtig.

In die bed lê hy lank wakker, sy gedagtes soos golwe wat hom oorval. Waar gaan die trok met die oortollige vis heen? Wat maak hulle daarmee? Is Piet Smit werklik Ben Viljoen se handlanger? En as dit so is, hoe diep strek hierdie web van misdaad?

Hy rol onrustig rond, maar slaap bly 'n illusie. Elke skaduwee, elke geluid laat hom regop sit, sy hart in sy keel. Hy weet hy het 'n gevaarlike pad betree, maar daar is geen weg terug nie.

Gerrit raak rusteloos aan die slaap, nagmerries teister hom die hele aand. Dit is eers in die vroeë oggendure wat hy rustig raak.

Hy word wakker gemaak deur Amy, sy sit op haar knieë langs hom met 'n glimlag en 'n beker koffie.

"Kom, kom slaapkous. Dit is tyd om op te staan." Sy lyk so mooi vanoggend.

"Ek sal wat wil gee om elke oggend so wakker te word, jy lyk pragtig vandag." Gerrit sit regop. Vat die beker koffie by haar en vat 'n sluk.

"Mmmm... Dankie, net wat ek nodig het," sê hy.

Sy staan op en stap kombuis toe.

"Ek het vir ons padkos gemaak," vertel sy opgewonde.

"Dit klink lekker." Gerrit staan op. Vou die kombers op.

"Nou laat ek gaan klaar maak, sodat ons in die pad kan val," hy stap vinnig badkamer toe, hy is self ook nou opgewonde vir die vooruitsig om 'n dag saam met Amy te spandeer.

Dwarskersbos is 'n paradys van blom-besaaide vlaktes en voëlgesang. Amy en Gerrit geniet 'n dag van onverdeelde geluk, met Amy wat gereeld stop om die welige oranje en pers blomme langs die pad met haar foon vas te vang. By Velddrif koop Gerrit spontaan kaartjies vir 'n River Cruise op die Bergrivier. Die natuurskoon oorweldig hulle, die oomblik voel tydloos.

Maar Gerrit merk nie die man op wat ongesiens aan boord kom nie. Met 'n hoed laag oor sy gesig en donker bril is Piet Smit moeilik herkenbaar. Hy bestudeer Gerrit en Amy met 'n gevaarlike belangstelling. Wie is hierdie vrou? Waarom tree Gerrit so anders op as die ander manne van die Albatros? Hy weet daar is iets vreemds aan hom.

Wanneer die boot anker, volg Piet hulle op 'n afstand. Hy sien hoe hulle by 'n luukse strandhuis stilhou en hoor hul lag en gesels. Vanuit die skaduwees bespied hy hoe hulle in mekaar se arms verdwyn.

"Ja, hulle is verlief," murmureer hy. Maar sy agterdog groei. Piet weet: hy sal Gerrit fyn dop moet hou – hierdie man is nie te vertrou nie.

Amy voel gelukkig. Vandat sy haar babatjie verloor het was sy net hartseer. Sy het weggekruip vir die samelewing. Maar nou dat sy vrede gevind het voel sy weer vol lewe. En met Gerrit aan haar sy voel sy weer asof sy die samelewing in die oë kan kyk. Sy hoef nie weg te kruip nie. Elke dag voel vir haar soos 'n avontuur, sy het soveel tyd verloor. Sy het nie besef dat sy weer geluk kan vind nie. Haar hart bok spring elke keer as sy hom sien. Sy het vergeet hoe dit voel om weer mooi vir iemand te wees. Wanneer laas het sy daardie woorde gehoor: "Jy lyk mooi." Gerrit kan dit nie genoeg vir haar sê nie. Sy voel net weer soos 'n vrou wat bemin word. En dit gee haar selfvertroue. Asof sy enige iets kan doen, want daar is iemand wat in haar glo.

Hoe gaan sy ooit kan teruggaan Kaap toe met die wete dat sy hom hier moet agterlos. Sy wil elke oomblik saam met hom uitrek. Sy hou hom dop terwyl hy vir hulle aand ete maak. Hy is lank en gespierd en daar is 'n lewenslus wat uit hom straal wat so aansteeklik is. Sy glimlag vir haarself, sy tree op soos 'n verliefde dogtertjie, maar sy gee nie om nie, sy is verlief op hierdie Visserman.

Gerrit en Amy sluit 'n wonderlike dag af in mekaar se teenwoordigheid. Vir Gerrit raak dit al hoe moeiliker om sy emosies te beheer. Maar hy soen haar en laat haar gaan. Hy besef dat hy in 'n baie moeilike posisie is. Gaan Amy hom ooit kan vergewe as hy haar die dag die waarheid vertel?

Gerrit sak op die bank neer in die donker vertrek. Hy hoor die geraas van die see in sy ore. Hy voel onrustig. Hoekom weet hy nie. Hy sal net moet seker maak dat Amy veilig is. As hierdie steelvisketting iets te doen het met dwelmhandel dan kan hierdie saak baie gevaarlik raak. Gerrit raak aan die slaap. Onbewus van 'n man wat op die duine staan en staar na die huis. Hy het 'n sigaret in die hand en teug diep aan hom. Hy blaas die rook stadig uit. Dan draai hy om en verdwyn die nag in.

Hoofstuk 12

Gerrit is vroeg wakker die volgende oggend. Hy voel uitgerus en reg vir die dag op die skuit. Hy raak haastig om die saak af te handel. Dan hoor hy 'n SMS deur kom op sy foon.

"Die adres van een van Ben Viljoen se besighede hier in Dwarskersbos," praat Gerrit met homself. Hy sal moet gaan kyk wat daar aangaan. Sy intuïsie het hom nog nooit in die steek gelaat nie. Daardie oortollige vis word vir iets gebruik en hy gaan uitvind waarvoor.

Hy slaan op en gaan stort, maak vir hom koffie en gaan staan op die stoep en drink stadig aan dit. Hy gaan sy planne agtermekaar kry. Die beste sal wees as hy gaan ondersoek instel wanneer die Skuit uit is op 'n vangs. Hy gaan maar 'n verskoning moet uitdink om nie vandag saam met die skuit uit te gaan nie.

Hy het Piet se nommer. Hy gaan sommer net 'n boodskap stuur en hoop dat dit goed genoeg sal wees. Hy stuur dan ook dadelik 'n boodskap.

Dan voel hy Amy se hande om sy lyf gaan.

"Môre," groet sy vriendelik

"Môre," antwoord hy. "Jy is vroeg wakker vanoggend."

"Ja, ek wou jou groet voor jy gaan werk." Amy staan oop haar tone en soen sy wang. Dan draai sy om en stap na die ketel.

"Dankie, dit is gaaf van jou." Laat sy maar dink dat hy gaan werk.

"My tydjie hier is een van die dae op 'n einde," praat sy sag.

"Ek wil nog nie daaraan dink nie," antwoord Gerrit. "Ek geniet dit nog te veel saam met jou." Hy weet nie wat die toekoms in hou nie maar een ding weet hy wel en dit is dat hy Amy in sy toekoms soek.

"Ek ook nie. Kom ons gaan uit vanaand. Wanneer jy klaar gewerk het," Amy kyk na Gerrit en wag vir 'n antwoord.

"Dit klink na 'n plan. Ek het 'n restaurant in die dorp gesien wat baie gesellig gelyk het," antwoord Gerrit.

"Goed, dan gaan ons uit vanaand," Amy spring opgewonde op. "Ek gaan aantrek dan stap ek saam met jou tot by die hawe," Amy stap dadelik na haar kamer toe.

"Amy, dit is nie nodig nie. Ek is reeds laat ek gaan sommer draf tot daar," praat hy vinnig.

"Nou goed dan sien ek jou vanaand," antwoord Amy. Sy stap terug stoep toe en groet vir Gerrit met 'n soen en 'n stuiwe drukkie.

Gerrit stap vinnig na die strand, sy kop laag, sy bewegings doelgerig. Die wind ruk aan sy hare, maar sy gedagtes is vasgenael op die taak voor hom. By die hawe draai hy skielik weg na die dorp, sy hart kloppend met 'n mengsel van spanning en vasberadenheid. Hy huur 'n voertuig, voer die GPS-koördinate in, en druk die pedaal. Die pad voor hom voel eindeloos, sy oë flikker tussen die pad en die GPS.

Hy stop 'n ent voor die groot fabriek, sy asem reeds kort. "Viljoen Vissery," lees hy die massiewe letters op die hek. Die plek straal iets dreigend uit. Hy beweeg langs die heining, trek die draadknippers uit en sny stilweg deur. Die skerp geluid van metaal op metaal laat sy hart ruk, maar hy hou aan. Hy kruip laag deur die opening en hardloop gebukkend na die bome toe, elke kraak van blare onder sy voete soos 'n kanonskoot in die stilte.

By die gebou sien hy een van die trokke waarmee hy vroeër gepeuter het. Sy hande bewe, maar hy bly vorentoe beweeg, sy oë gefokus. Hy gly langs die trok verby, vind 'n deur, en maak dit stadig oop. Binne-in is die atmosfeer swaar, die reuk van vis en ou metaal hang in die lug. Hy maak die deur sag toe en druk homself agter 'n stapel kratte.

Hy loer uit. 'n Groep mans is besig om die trok af te laai, hul bewegings roetine, onversteurd. Hy neem vinnig foto's van die toneel – die trok, die mans, die vis. Niks skree verkeerd nie, maar sy instink sê daar is meer.

Dan hoor hy dit: die dreuning van 'n voertuig wat tot stilstand kom. Hy vries, sy hand styf om die selfoon. 'n Man klim uit, maak die agterdeur oop, en haal 'n groot swart sak uit. Gerrit hou sy asem op. Die man stap na die tafels toe en word vriendelik gegroet. Maar iets aan die sak – die manier waarop hy dit vashou, die haastige kyk oor sy skouer – laat 'n koue rilling oor Gerrit se ruggraat loop. Hier is iets fout, iets wat sy hele missie kan verander.

"Môre, môre..." groet hy die mans vriendelik hy maak die sak oop en gooi die inhoud op die tafel.

Gerrit vat weer sy foon en neem foto's, hy staan verstom en staar na die hoop dwelms wat op die tafel uitgegooi word.

"Met komplimente van die Groot Baas," hoor Gerrit hom sê. Hy word toegejuig

"Yes, Yes manne. Hier kom 'n groot pay day vir ons ," praat een van die mans

"Laat ons aan die werk spring," hoor Gerrit iemand opgewonde praat.

Gerrit kan sy oë nie glo nie. Die vis word oopgesny en dan word die dwelms binne die vis weggesteek. "So dit is wat hulle doen met die ekstra vis." Gerrit neem nog 'n klompie foto's. Hy moet hierdie so gou moontlik by die marine-inspekteur kry.

Gerrit hou die mans dop tot hulle amper klaar is. Hy gaan hulle moet agtervolg en kyk waarheen hulle die vis vat. Gerrit wil net omdraai toe hy iets koud teen sy kop voel.

"En wat het ons hier?" hoor hy iemand agter hom praat.

Gerrit voel hoe koue sweet skielik langs sy slape afloop.

"Julle ouens, ons het 'n kuiergas," roep hy die ander manne nader.

"'n Kuiergas. Wie sal dit wees?" vra die man wat die swart sak uit die kar gehaal het.

Gerrit word in die rug geskop en beland op die grond. Hy krul dadelik van pyn.

"Wie is hy?" vra een van die mans.

"Ek weet nie. Ek het hom hier agter die kratte gekry."

"Interessant. Wat gaan ons nou met jou doen."

Gerrit weet nie wat om te doen nie. Hulle mag nie weet dat hy 'n speurder is nie.

"Ek is Gerrit... Ek werk op Piet Smit se skuit," antwoord hy vinnig.

"Piet se skuit?" vra een van die mans. "Nou wat soek jy hier?"

Gerrit kry weer 'n skop en een van die mans slaan hom met die vuis deur die gesig.

"Praat vinnig, wat soek jy hier?" die mans begin ongeduldig raak.

"Ek wou weet wat van die vis word waarvoor ons Lotto geld kry," Gerrit weet hy moet dit so na aan die waarheid as moontlik hou. Hy moet nou vinnig dink. Of dit is verby met hom vandag.

"Wat gaan hier aan?" hoor Gerrit iemand by die deur praat.

"Wie is dit, hoekom slaan julle hom so? Ons is nie barbare nie." Die mans staan skielik eenkant toe. Dit is duidelik dat hulle versigtig is vir hom.

"Meneer. Ons het hom gevang in die stoor agter die kratte. Hy het ons dopgehou," verduidelik hulle vinnig.

"Wie is hy?" vra hy ongeduldig.

"Hy sê hy werk op Piet Smit se skuit. Hy wou weet waar die vis heen gaan waarvoor hulle ekstra geld kry."

"Hoeveel het hy gesien?" Die man stap tot by Gerrit en kniel langs hom.

Gerrit erken hom dadelik as die een wat vir Piet betaal het nou die dag vir die ekstra vis.

"Ons is nie seker nie," antwoord een van die mans.

"Vat hom na die koelkamer toe en maak hom vas, ons sal moet hoor by Piet Smit wat aangaan. Ons kan nie langer wag nie. Die vrag word verwag en ons mag nie laat wees nie," hy staan op en stap weer by die deur uit.

Gerrit word hardhandig opgetrek en na die koelkamer toe gevat. Hy word op 'n stoel gesit en stewig vasgemaak met 'n tou, hy kan nie beweeg nie. Hoe gaan hy uit hierdie moeilikheid kom? Niemand weet waar hy is nie. Gelukkig het hulle nie daaraan gedink om hom te deursoek nie so sy selfoon is nog steeds in sy sak. As hy net by hom kon uitkom en 'n boodskap stuur. Maar sy hande is so styf vas, dit is onmoontlik.

Die tyd gaan stadig verby. Gerrit kan nie meer sy hande voel nie en sy keel is seer van die dors. Sy ribbes is ook seer waar hulle hom geskop het.

Dit begin al skemer raak.

"Hoekom bring julle my hierheen?" hoor Gerrit, Piet Smit se stem. Hy klink glad nie gelukkig nie. Dan gaan die deur oop en Piet staan voor hom.

"Gerrit, wat maak jy hier?" Piet klink verbaas om hom te sien.

"Ken jy hom?" vra een van die mans.

"Ja, hy is 'n nuwe ou op my skuit." Piet kniel voor Gerrit.

"Ek het gevra wat soek jy hier?" Gerrit kyk hom net reguit in die oë. Piet begin ongeduldig raak en gee vir Gerrit 'n hou deur die gesig.

"Ek gaan nie weer vra nie. Antwoord my!" skree Piet.

"Ja, antwoord die man." Praat een van die mans met Gerrit. "... Antwoord hom!"

"Niks!" Gerrit se stem is sag.

Piet slaan hom weer. Die keer val die stoel om en beland Gerrit op die grond.

"Ek dink die Albatros moet so bietjie op 'n sunset cruise gaan vanaand. Die haaie kort bietjie kos," Piet lag hard vir homself en die ander mans wat ook daar staan lag saam met hom. Gerrit snak na sy asem. Vir Gerrit voel dit of die wêreld skielik om hom draai. Hy sukkel om asem te haal.

"Ek vra weer. Hoeveel het jy gesien?" Piet gaan sit op sy hurke langs Gerrit.

"Ek sê mos ek het niks gesien nie. Hulle was besig om die kratte in die trokke te laai toe ek daar aankom." Gerrit hoop dat hulle hom glo.

Piet kyk na Gerrit vir 'n oomblik dan staan hy op en draai na die paar mans wat saam met hom in die vertrek staan.

"Leer hom 'n les ouens, hy moet sy neus uit ander se sake hou en dan gaan gooi julle hom daar op die strand. Ek het geweet hy is moeilikheid, ek wil hom nie weer sien nie," Piet stap by die vertrek uit.

"Nou ja, Piet het gepraat." Gerrit voel hoe die houe op hom begin reën. Al wie hy voor hom sien is vir Amy. Gaan hy haar ooit weer sien. Hy sukkel om wakker te bly. Stadig oorval 'n donkerte hom en sien hy hoe Amy voor hom verdwyn.

Gerrit word na 'n bakkie toe gedra en agterop gegooi. Hulle ry tot by die strand en laai sy liggaam af. Dan verdwyn die bakkie in die donkerte en word Gerrit alleen op die strand gelos.

Hoofstuk 13

Amy word onrustig wakker deur die nag. Sy stap na die sitkamer maar sy sien dat Gerrit nog glad nie terug is nie. Sy stap tot by die venster en staar oor die see uit. Die see is onstuimig en die wind het begin waai. Die see klink stormagtig in haar ore. Sy hoop nie hulle is op die see vanaand nie. Maar hoekom sou hy nie huis toe gekom het nie, sy het lank gewag vir hom. Hulle het 'n ete afspraak gehad maar hy het nooit opgedaag nie.

Dan draai sy om en sak op die bank neer en maak haarself toe en raak onrustig aan die slaap.

Gerrit word met 'n kreun wakker. Hy wil opstaan maar sak vinnig weer terug op die sand. Sy hele lyf is seer. Dit voel asof elke been in sy liggaam gebreek is. Hy het al houe in sy lewe gekry maar nog nooit soos hierdie nie. Hulle het beslis gedink dat hy dood is. Hy sal moet hulp kry, sy oë voel dik en toegeswel. Hy druk sy hand in sy sak en haal die foon versigtig uit. Dankie tog dat hulle nie die foon ontdek het nie, hy bel die inspekteur. Dit is al nommer wat hy op die foon het.

"Gerrit," antwoord hy dadelik die foon.

"In... spek... teur," hakkel Gerrit.

"Gerrit... Wat is fout... Waar is jy?" vra die inspekteur, hy is dadelik op sy hoede. Gerrit klink glad nie goed nie.

"Ek weet nie waar ek is nie... " antwoord Gerrit. "Ek is in Dwars... kers... bos iewers, op die strand... asseblief bel iemand vir hulp. Hulle het my baie seer gemaak... . ek kan ... nie a... se...m haal nie," Gerrit begin hoes.

"Gerrit... stuur jou location vir my... Gerrit... hoor jy my, stuur jou location vir my... ."

"Ek het h... .ull... e Inspekteur... ." Gerrit praat stadig.

"Dit is dwelms ... in ... die ... .vis..." dit raak al hoe moeiliker om te praat.

"Moenie nou daaroor bekommerd wees nie... stuur jou *location*... dat ek hulp kan stuur." Die inspekteur weet nie wat om te doen nie. Hy moet die kaptein bel en hom vertel wat gebeur het. Dalk sal hy kan help om hom op te spoor.

"Gerrit... .hoor jy my... " Hy loop op en af in sy kantoor.

"J... a... ek... Is hier..." maar Gerrit kan nie meer wakker bly nie.

"Ek... het... hu...ll.. e," is al wat hy sê en kan sê voordat alles om hom donker word.

"Gerrit... Gerrit... antwoord my... Gerrit!" Roep die inspekteur benoud.

Hy sak op sy stoel neer. Sy bene voel skielik wankelrig en kan hom nie meer dra nie. Hy kyk na sy foon, asof die foon vir hom moet sê waar Gerrit is. Dan kom hy in beweging en skakel die kaptein.

"Goeienaand. Kaptein van der Merwe wat praat," antwoord die kaptein die foon.

"Chris," spreek hy die kaptein op sy naam aan, "daar het iets met Gerrit gebeur," val hy met die deur in die huis.

"Wat het met Gerrit gebeur?" Gerrit se pa spring op van sy stoel af.

"Ek weet nie. Hy het my nou net gebel. Ek kon nie alles uitmaak wat hy gesê het nie net dat ek moet bel vir hulp en dat hulle hom seer gemaak het. Hy het baie deurmekaar gepraat. Ek dink hy is nog op Dwarskersbos, maar hy het iets gepraat dat hy iewers op die strand is, toe gaan die foon dood," die Inspekteur praat vinnig.

"Stuur vir my sy nommer, ek sal kyk of ons met die selfoon torings hom kan opspoor. Ek dink jy moet dadelik hierheen kom sodat ons kan duidelikheid kry oor waar my seun is," Chris voel 'n beklemming om sy hard.

Sy foon ontvang 'n boodskap met Gerrit se nommer. Hy probeer hom dadelik bel, maar hy lui net. Dadelik draf hy na die rekenaar en selfoonkenner toe. Iewers moet hulle vir Gerrit opspoor.

Kobus het so vinnig gery as wat hy kon tot by die polisiestasie. Hy stap ook dadelik na die kaptein se kantoor toe.

"Kobus, asseblief vertel my alles wat Gerrit gesê het?" vra die Kaptein dadelik angstig.

"Hy het gesê dat hy hulp nodig het, hulle het hom baie seergemaak. Dat hy nog in Dwarskersbos is iewers op die strand, maar ek het geen idee waar nie. Hy het heeltyd gesê hy het hulle. Hy het iets gepraat van dwelms en vis, maar ek kon nie heeltemal uitmaak nie. Toe gaan die foon dood."

Chris kan sien dat Kobus baie bekommerd is. Dit was nie vir hom 'n lekker oproep om te ontvang nie. In sy werk kry hy baie met sulke tipe oproepe te doen, maar die verskil nou is dat sy seun die een is wat hulp nodig het en dat hy iewers aan sy eie genade oorgelaat is. Lewe hy ooit nog. Hy druk sy hande in sy hare hy kan nie nou daaraan dink nie. Ek dink ek gaan dadelik Dwarskersbos toe ry. Wat was die laaste boodskap tussen jou en my seun. Ek wil net 'n idee hê waar om te begin soek.

"Ek het vir hom die adres van Viljoen Vissery gestuur. Hy het gesê dat hy daar wil gaan ondersoek instel."

Kobus staan op.

"Ek gaan saam met jou. Ek sal myself nooit vergewe as daar iets met hom moet gebeur nie." Kobus voel baie bekommerd. Chris knik sy kop en dan vertrek hulle na Dwarskersbos. Dit is al baie laat maar daar is nie tyd vir slaap nie hulle gaan dadelik vir Gerrit moet opspoor, sy lewe hang daarvan af.

Hulle ry in die vroeë oggendure by die dorpie in. Die dorp is stil en rustig. Glad nie bewus van die onheil wat in hul midde is nie. Eers besluit hulle om 'n draai te maak by die hospitaal. Dalk het iemand op hom afgekom en hom hospitaal toe gebring. Maar daar is geen ongeval ingebring deur die nag nie. Hulle draai om en besluit om na die laaste adres toe te ry waar Gerrit was.

Dit is baie stil by die fabriek. Dit begin lig raak en binnekort gaan die mense kom werk dan sal hulle maar Gerrit se foto rond wys met die hoop dat iemand hom sal erken.

Die gelui van Chris se foon verbreek die stilte. "Môre." antwoord hy vinnig. Hy is eers stil en luister aandagtig. " Goed, dankie ons ry dadelik daarheen," die kaptein skakel die motor weer aan. "Dit was die selfoonkenner, hy sê dat die laaste keer wat 'n toring sy nommer opgetel was by die Suid Strand. Ek dink ons ry daarheen en begin op die strand soek," hy is verlig. Dit voel asof daar hoop is dat hulle hom gaan opspoor.

Hulle stop met 'n stofwolk op 'n heuwel en hardloop in verskillende rigtings om na Gerrit te soek. Dit is 'n breë strand en hy kan enige plek wees. Chris besluit om weer die selfoon wat Gerrit en Kobus mee gekommunikeer het, te bel, Dit lui net, hy hoor niks.

"Asseblief Here, help my vandag. My seun is hier iewers, ek moet hom opspoor."

"Gerrit... Gerrit!" roep hy sy naam oor en oor. Maar daar is geen antwoord nie. Hy bel die nommer aanmekaar. Chris is moedeloos gesoek en besluit om om te draai, hy bel die nommer vir 'n laaste keer. Hy luister aandagtig. Maak sy oë toe en sug moedeloos, maar dan hoor hy dit. Baie sag. Hy lig sy kop. En begin in die rigting van die geluid hardloop. Dit word al hoe harder en harder en dan sien hy hom lê. Uitgestrek op sy rug.

"Gerrit... seun..."

Hy lyk vreeslik. Iemand het hom lelik verniel. Hy val op sy knieë neer en druk sy hand teen sy keel om te voel of hy nog leef. Hy huil van verligting. Daar is 'n hartklop. Dan bel hy Kobus se nommer.

"Ek het hom... .Kobus... Ek het hom..." daar loop trane oor sy wange.

Hy sit die foon neer. "Gerrit... word wakker... kom my seun maak oop daai oë van jou," hy vryf die hare van sy voorkop af, "kom Gerrit word wakker," maar daar is geen beweging nie. Hy besluit om die nooddienste te skakel. Kobus het intussen langs hom kom kniel. Sy asem jaag.

"Lewe hy?" vra hy onseker.

"Ja hy lewe. Maar iemand het hom baie seergemaak."

Kobus vat Gerrit se hand en haal die foon uit sy hand. Hy hou hom so styf vas dat hy sukkel om hom uit sy hand te haal.

Chris bel sy vrou. Sy sal nie 'n oog toemaak voor sy nie weet Gerrit is veilig nie. Nie lank nie en die nooddienste daag op en help vir Gerrit na die ambulans.

Hoofstuk 14

Amy is baie bekommerd. Gerrit is nog steeds nie terug nie en dit is al laat in die middag. Daar is 'n storm aan die kom. Sy besluit om hawe toe te ry en te kyk of die skuit waarop hy werk daar staan. Iemand sal seker weet waar hy is.

Sy klim in haar motor en ry reguit hawe toe. Vir een of ander rede is daar 'n beklemming om haar hart. Sy het lief geraak vir daardie groot sterk visserman. Sy stop by die hawe en sien die Albatros daar staan. Sy klim vinnig uit en stap na die skuit toe.

"Môre," groet sy versigtig vir een van die Vissermanne.

"Hello madam, waarmee help ek vanoggend?" antwoord Jan vir Amy.

"Ek hoop jy kan my help. Ek is opsoek na een van julle vissermanne, Gerrit van der Merwe, ken jy hom?" vra sy.

"Ja, ja hy werk hier op die Albatros. Maar hy het nie gister of vandag kom werk nie," antwoord Jan.

"Maar hy het tog gisteroggend werk toe gestap daar van my af," Amy kyk om haar rond. Waar is hy dan?

"Ek is jammer Madam, maar ek het hom nog glad nie weer gesien nie. Maar dalk weet Piet Smit, ons werk vir hom," Jan wys met sy hand na waar Piet staan.

"Baie dankie, ek sal by hom hoor," sy stap na Piet toe wat eenkant met iemand staan en gesels.

"Verskoon my," val sy hulle in die rede.

Piet kyk na Amy, hy erken haar dadelik as die meisie wat nou die dag saam met Gerrit rond gery het. "Waarmee kan ek help?" hy kyk haar openlik op en af.

Amy voel dadelik ongemaklik. Hierdie man laat haar gril. "Ek is opsoek na Gerrit van der Merwe. Hy werk blykbaar vir jou?" vra sy vinnig.

"Ja, hy werk vir my," antwoord hy.

"Weet jy dalk waar hy is?" vra Amy. Die reuk van vis is besig om haar siek te laat voel.

"Nee, hy het nooit opgedaag vir werk nie. Jammer ek weet nie waar hy is nie," antwoord hy vinnig. Vir Amy voel dit asof hy te vinnig geantwoord het. Sy is nie verniet 'n juffrou nie sy weet wanneer iemand vir haar jok.

"Is jy seker," vra sy weer. Piet kan hoor dat sy hom nie heeltemal glo nie.

"Ja, ek sê mos ek weet nie waar hy is nie," Piet raak ongeduldig. Die geheimsinnige man wat nog heeltyd langs Piet staan lyk groot en intimiderend. Amy voel dadelik bang en besluit om eerder te loop.

"Goed baie dankie," sy draai vinnig om en stap na haar voertuig toe, sy kan voel hoe die mans haar agterna staar.

"Daai blonde kop gaan moeilikheid wees Piet. Sy gaan vrae vra wat niemand van ons gaan wil antwoord nie. Sorteer dit uit, vinnig!," die man kyk Piet kwaai aan.

"Hoe bedoel jy sorteer dit uit?" vra Piet onseker.

"Wat dink jy wat bedoel ek. Ek het nie komplikasies nodig nie. Daai vrou is duidelik opsoek na daai vent van gister." Hy haal sy foon uit sy sak wat skielik lui. "Raak ontslae van my komplikasie Piet!," sê hy dreigend vir Piet. Piet kry die boodskap hard en duidelik, hy sal 'n plan moet maak. Hy is lief vir sy lewe en beslis vir die geld wat saam met dit gaan. Hy sal moet dink aan 'n plan om daai blondie te verwyder. Hy maak nie 'n gewoonte om vroue te vermoor nie maar hy het dalk 'n oplossing wat hom sommer 'n paar rand in die sak kan bring. Piet glimlag skielik. Sy oë glinster, hy weet presies wat om te doen.

Amy besluit om reguit polisie stasie toe te ry. Sy moet net eenvoudig met iemand praat. Sy stop voor die polisie stasie en klim uit, stap vinnig na die ontvangs toonbank toe. Die ontvangs saal is stil en daar is net een konstabel wat agter die toonbank staan.

"Middag mevrou, waarmee kan ek help?" groet hy vriendelik.

"Middag, kan ek dalk met iemand praat oor 'n vermiste persoon?" vra sy

"Van wanneer af is hy vermis mevrou?" vra die konstabel

"Van gisteroggend af. Ek weet dit is seker nie lank genoeg nie. Maar ek is baie bekommerd. Hy het ook nie by sy werk opgedaag nie," sy klink baie bekommerd.

"Ek sal een van ons speurders roep mevrou, sit net 'n oomblik," die konstabel verdwyn by 'n deur uit. Amy gaan sit op 'n bankie. Daar loop skielik 'n traan oor haar wang. Sy kan hom nie nou verloor nie, hulle het dan skaars tyd saam gehad."

"Mevrou... verskoon my mevrou..."

Amy is in haar eie gedagtes vasgekeer dat sy nie die Konstabel hoor nie.

"Mevrou..." praat hy weer. Amy lig haar kop, sy raak weer bewus van haar omgewing. "Askies... Jammer..." maak sy verskoning en stap na die konstabel toe.

"Mevrou kan by daardie deur ingaan. Daar is 'n speurder Jonker wat mevrou sal help." Hy wys vir haar waar die deur is.

"Baie dankie." Amy stap na die deur en soek dan die Speurder. Sy vind sy kantoor en klop aan die deur.

"Verskoon my, is jy speurder Jonker?" vra sy.

"Ja mevrou, kom maar in asseblief. Sit," nooi hy vriendelik, "waarmee kan ek help?" vra hy dadelik vir Amy

"Dit is my vriend, hy is vermis van gisteroggend af," antwoord sy dadelik

"Wat is sy naam?" begin hy uit vra

"Gerrit van der Merwe. Hy is 'n visserman op die Albatros," antwoord sy hom

Die Speurder lig sy kop. "Die Albatros sê jy?"

"Ja, hy het gisteroggend sesuur se kant gaan werk en nog nooit weer teruggekom nie, ek was vanmiddag by die hawe en het met sy baas gepraat. Piet Smit, dink ek is sy naam. Hy sê net dat hy nooit opgedaag het vir werk nie," verduidelik sy.

"Ja dit is vreemd. Jy sê van gisteroggend af?" vra hy weer.

"Ja van gisteroggend af," hoekom voel dit vir Amy of die speurder haar nie in die oë kan kyk nie.

"Goed, ek sal 'n draai maak by die Albatros. Gee my net jou adres en selfoonnommer sodat ek jou kan kontak. Het hy by jou huis gebly toe hy gaan werk het?" vra hy.

"Ja, hy het van daar af strand langs gestap na die hawe toe. Dit is nie baie ver nie," antwoord sy die Speurder.

"Het jy al die hospitaal probeer? Dalk het daar iets met hom gebeur en is hy opgeneem," vra hy haar.

"Nee... ek het nie daaraan gedink nie. Ek sal gou daar 'n draai gaan maak en uitvind," sê sy en staan op. "Baie dankie vir jou hulp speurder Jonker."

"Dit is reg, ek sal kyk wat kan ek uitvind. Intussen wees rustig en hou jou foon naby?" probeer hy haar gerusstel.

"Dankie, ek sal so maak," dan stap Amy by die kantoor uit.

Sarel Jonker kyk Amy agterna. Hy moet vir Piet bel. Wat het Piet nou weer aangevang. Hy tel dadelik sy foon op en skakel Piet se nommer.

"Piet, Sarel hier," praat Jonker ongeduldig, "Ja... ja, halo... hier was nou net 'n vrou by my wat 'n vermiste persoon kom aanmeld het," hy praat nie te hard nie. Hy wil nie hê dat iemand hom moet hoor nie. "Ja dit was 'n blonde vrou wat na 'n man met die naam van Gerrit kom soek het. Wat het jy nou weer aangevang?"

Jonker bly vir 'n rukkie stil en luister na wat Piet sê.

"Weet jy Piet ek is moeg om jou moeilikheid uit te sort," hy is weer stil vir 'n oomblik. "Deksels Piet," sê hy omgekrap "ek het dit hanteer. Maar ek weet nie vir hoe lank nie. Daai *girlfriend* van hom gaan nie ophou soek nie," hy raak ongeduldig met Piet. Hy wil altyd slim wees. Hy bly vir 'n oomblik stil en luister aandagtig na wat Piet sê.

"Goed ek sal jou vanaand daar ontmoet. Klink na 'n goeie plan, dan maak ons paar rand sommer uit haar." Sarel klink baie ingenome met Piet se plan. Hy sit die foon op die tafel neer en sit agteroor. Hy sien sommer klaar die paar duisend rand wat hy in sy sak gaan steek. Een van die dae tree hy af. Hierdie besigheid is baie lonend, dit is vir seker.

Amy klim in haar motor, onbewus van die planne wat gemaak word, en ry dadelik in die rigting van die hospitaal. Sy stop in die parkeer area en stap by die ongevalle in.

"Goeiemiddag. Ek wil net uitvind of hier dalk iemand met die naam van Gerrit van der Merwe opgeneem is." Sy kyk hoopvol na die verpleegster.

"Mmmm laat ek kyk... Gerrit van der Merwe. Ja, hy is opgeneem vroeg vanoggend," antwoord sy vir Amy. Amy snak na haar asem en sit haar hand voor haar mond. Haar bene voel skielik wankelrig en sy gryp die toonbank vas.

"Asseblief kan ek hom sien?" vra sy die Verpleegster.

"Is jy familie?" vra sy dadelik.

"Nee maar ek is sy vriendin. Ek soek hom al heeldag. Ek kom nou van die polisiekantoor af. Asseblief," Amy pleit by die verpleegster.

Die verpleegster kan sien dat sy regtig omgee vir die aantreklike man wat hier aangebring is.

"Ek is jammer net familie word by hom toegelaat. Sy pa is by hom op die oomblik."

Die verpleegster klink regtig jammer.

"Sy pa... " Hoe het hy so vinnig hier opgedaag, wonder Amy dadelik. "Maar hoe gaan dit met hom?" daar loop trane oor Amy se wang.

"Al wat ek kan sê is dat sy toestand kritiek is," antwoord die Verpleegster.

"Kan jy dalk net gaan vra of ek sy pa kan sien, asseblief. Ek moet weet wat gebeur het?" vra sy vir die verpleegster.

"Goed ek sal gaan hoor." Die verpleegster stap weg.

Amy gaan sit op een van die stoele. Sy begin huil. Dankie tog hy is hier. Maar wat sou met hom gebeur het? En hoe het hulle sy pa in die hande gekry? Sy het soveel vra. Dan hoor sy voetstappe. Doelgerig. Dit klink net soos Gerrit se stap. Sy kyk op en sien 'n groot man met grys hare na haar aangestap kom. Sy staan dadelik op.

"Goeienaand," groet hy haar vriendelik maar ernstig.

"Goeienaand meneer," sy steek haar hand uit en 'n groot hand vou om haar hand.

"Ek is jammer om u te pla. My naam is Amy Groenewald en is 'n vriendin van u seun. Ek wou net hoor hoe dit met Gerrit gaan?" vra sy.

"Sy vriendin." Chris is verbaas om te hoor dat Gerrit 'n vriendin het, "ek het nie geweet dat hy 'n vriendin het nie," antwoord hy haar.

"Ons ken mekaar net 'n week. Hy het langs my huis tent opgeslaan, daar was 'n groot storm en hy het by my kom aanklop vir hulp. Dit is hoe ons ontmoet het. Hy het 'n groot indruk op my gemaak," Amy sluk skielik hard aan 'n knop in haar keel, en vee 'n traan van haar wang af, "jammer, maar ek het groot geskrik. Ek soek hom al heeldag, was tot by die hawe om met sy baas Piet Smit te praat om te hoor of hy weet waar hy was maar hy sê net Gerrit het nooit opgedaag vir werk nie. Toe is ek polisie-stasie toe, en toe hierheen," Amy sak op die stoel neer. Die spanning is meteens net te veel vir haar. Sak haar kop in haar hande.

Chris weet nie wat om te doen nie. Die vroutjie gee duidelik baie om vir sy seun, en dit wil lyk of sy nie weet dat hy 'n speurder is nie. Dit dalk vir eers so hou.

"Amy, dit gaan nie goed met hom nie. Hy is op die oomblik in 'n koma. Die dokter sê dat hy 'n paar harde houe teen die kop gekry het, hulle is bang vir bloeding op die brein so dit is beter dat hy vir eers net so bly. Hy gaan oorgeplaas word Kaapstad toe sodat hy nader aan ons kan wees," verduidelik Chris vir haar die situasie.

"Houe teen die kop. Wat het dan gebeur, het iemand hom dan aangerand?" vra sy hartseer.

"Ja, hy kon op 'n manier 'n oproep maak en ons het hom met 'n groot gesukkel deur die selfoon torings opgespoor, hy het deur die nag op die strand gelê," hy kan sien dat dit 'n groot skok vir Amy is.

"Jy sê jy het met Piet Smit gaan praat. Hy is mos die eienaar van die Albatros?" vra hy Amy.

"Ja, soos ek verstaan. Ek weet nie hoe Gerrit dit hou om vir daai man te werk nie. Hy is nie baie aangenaam nie," sê Amy.

"Ja sy beroepskeuse is maar vir my ook duister," antwoord hy haar. Hy moet eers met Gerrit praat en presies hoor waar sy in die prentjie pas. Sy is beeldskoon en hy kan verstaan as sy seun so bietjie kop verloor het. Dit is gevaarlik om in 'n verhouding te wees terwyl hy besig is met 'n saak veral een soos hierdie.

"Amy, jy sê dat hy langs jou huis gekamp het?" vra hy.

"Ja, daar was nou een aand 'n vreeslike storm wat sy tent heeltemal verwoes het, hy het toe by my kom aanklop. Ek het hom blyplek gegee tot ek terug Kaap toe moet gaan. Ek is net met verlof en huur 'n huis langs die strand," verduidelik sy. Dan kyk sy skaam af. Hierdie man wonder seker hoe sy 'n vreemde man in haar huis kan toelaat. "U seun is 'n wonderlike man. Hy het elke aand op die bank geslaap," antwoord sy vinnig.

Chris glimlag. "Ek verstaan, jy hoef nie te verduidelik nie," hy sien hoe Amy begin bloos dan staan hy op.

"Wil jy hom sien, ek is seker as ek toestemming vra sal jy hom vinnig kan sien?" vra hy haar.

Amy staan vinnig op. "Asseblief, as dit moontlik is," stem sy in.

"Nou goed stap saam." Amy stap langs Gerrit se pa na sy saal. Haar hart klop onstuimig, sy is bang vir wat sy gaan sien. Chris praat met een van die susters aan diens. Dan kan Amy in gaan om Gerrit te sien. Sy maak die deur na sy kamer stadig oop. Eers kan sy nie verder as net die deur loop nie. Hy lyk so weerloos op die bed. Sy liggaam is groot en sterk onder die kombers daar is 'n verband om sy kop en 'n pyp wat uit sy mond gaan. Dit lyk amper of hy net slaap. Dan kom sy in beweging. Sy stap tot by sy bed.

"Gerrit... jy het ons afspraak gemis," terg sy met 'n knop in haar keel. Sy hou sy hand versigtig in haar hand. Dit is so 'n groot hand, bruingebrand en grof. Hier voor haar lê haar hart. Kan dit moontlik wees dat hy nou al 'n week deel is van haar lewe. Sy het hom liefgekry, so skielik sonder enige waarskuwing. Sy sak haar kop en gee vir hom 'n soen op sy voorkop. "Jy beter wakker word. Ons het te min tyd saam gehad," sy wil nie sy hand laat gaan nie.

"Amy, dit is tyd om te gaan. Die suster het ons net 'n paar minute gegee," praat Chris agter haar.

"Goed, ek sal môreoggend vroeg hier wees voor hy Kaap toe gaan, kan ek hom besoek in die Kaap?" vra sy versigtig.

"Natuurlik kan jy," sê Chris. "Sal jy sommer sy klere saambring môreoggend asseblief?" vra hy vir Amy.

"Ek sal. Baie dankie vir u vriendelikheid," antwoord Amy. "Ek moet seker polisiekantore toe gaan en vir die speurder daar gaan sê dat ek hom gekry het."

"Nee," antwoord Chris vinnig, "dit is nie nodig nie. Ek moet daarheen gaan en 'n saak gaan maak van aanranding, wie is die speurder met wie jy gepraat het?" vra hy.

"Mmmm speurder Jonker. Ja.. speurder Jonker," antwoord Amy.

"Goed ek sal dit hanteer. Gaan jy huis toe en gaan rus nou vanaand. Moenie verder bekommerd wees nie," stel hy Amy gerus.

"Baie dankie. Ek is so bly dat ek Gerrit se pa kon ontmoet. Gerrit het diep in my hart ingekruip, hy is regtig 'n spesiale man," sê sy sag.

Chris hoor hoe liefdevol Amy teenoor sy seun is. "Hy is 'n spesiale man," Chris glimlag vir Amy.

"Dan groet ek eers." Amy skryf haar adres en nommer op 'n stukkie papier. "Hier is my selfoonnommer en my adres by die vakansiehuis. Net vir ingeval u dit dalk nodig kry."

"Baie dankie. Dan sien ek jou môre," groet Chris haar.

"Totsiens," sê Amy en draai weg, haar voete swaar, haar liggaam uitgeput na die intense dag. Die spanning wat haar keel vasgehou het, het net begin losmaak met die wete dat Gerrit veilig is, by sy pa. In stilte ry sy huis toe, die nag rustig om haar. Sy verlang na 'n warm stort en die sagte troos van haar bed.

Gedagtes maal in haar kop. Sy moet môre self oppak en huis toe ry, maar haar hart voel onverwags lig. Hierdie klein dorpie het meer aan haar gegee as wat sy ooit kon dink – stukkies van haarself wat sy verloor het, het hier weer bymekaargekom. Die gedagte om terug te keer na die klas, die kinderstemmetjies, laat 'n warm glimlag oor haar gesig speel. En dan is daar Gerrit. Sy weet nie wat die toekoms vir hulle vriendskap inhou nie, maar een ding is seker: haar hart het al klaar sy keuse gemaak.

By die vakansiehuis stop sy, die storm wat vroeër gewoed het, het plek gemaak vir 'n donker, sterrelose nag. Die gedruis van die see spoel oor haar, die bekende klank wat haar deur hierdie tyd gedra het. Sy bêre haar voertuig en stap na die voordeur. Die sleutel draai stadig in die slot. Sy stap in, skakel die lig aan en beweeg na die kombuis om die ketel aan te sit.

Op pad na die stoep hou sy stil. Die stilte om haar is te intens, te vreemd. Haar hart klop harder, haar liggaam verstyf. Die kalmte wat hierdie huis altyd uitgestraal het, is weg – vervang deur iets donker en onheilspellend. Sy voel hoe haar hare regop staan, haar instink skree dat sy uit die huis moet kom.

Sy draai, maar dit is te laat. 'n Hand gryp haar, styf en onverbiddelik. Amy se asem stol, haar wêreld vernou tot die yskoue aanraking wat haar vasvang.

"Nee…" skree sy hard, "los my… " Amy probeer uit die vreemdeling se greep kom.

"Kom nou Blondie… raak rustig…" praat die man met haar. Hy ruik na vis.

"Nee, los my, wat soek jy hier…?" sy stoei met al haar krag om los te kom maar die man is net te sterk vir haar.

"Ek gaan jou nie seermaak nie… " sê hy vir haar, "raak net rustig… ek en jy moet gesels," hy gooi Amy hardhandig op die bank neer.

"Waaroor moet ons gesels, wat soek jy in my huis?" Amy weet dat sy nie nou moet bang lyk nie. Alhoewel haar hart wild klop en sy voel hoe angs sweet teen haar rug afloop.

"Ek het jou kom soek Blondie." Die man haal 'n pistool uit sy sak en sit dit op die kombuiskas neer. Amy snak na haar asem.

"Wat soek jy van my? Ek het niks waardevol nie. Dit is nie my huis hierdie nie. Ek het nie geld nie. Ek weet nie wat ek vir jou kan gee nie." Amy raak hulpeloos aan die huil.

"Ek soek niks van jou nie Blondie. Ek soek net 'n mooi foto dit is al. Kom nou kyk na die kamera?" die man neem 'n vinnige foto van Amy.

"Jy kon seker beter gelyk het maar dit moet nou maar doen. Ek hoop vir jou part die Master hou van jou foto," die man kyk af na sy foon. Amy spring op en hardloop na die deur toe maar voor sy by die deur kom gryp die man haar weer om die lyf.

"Los my!... asseblief... laat my gaan..." Amy smeek die vreemdeling, maar hy gooi haar weer op die bank neer.

"Ek het gesê sit stil. Ek het nie lus vir 'n histeriese vrou nie," dan kom daar 'n SMS deur op die man se foon. Hy lees dit vlugtig en dan glimlag hy.

"Mooi," hy klink baie opgewonde oor die boodskap, "die Master like jou Blondie," hy sit die foon in sy sak en tel die pistool op.

"Wat bedoel jy?" Amy kry die aaklige gevoel dat sy in groot gevaar verkeer.

"Die Master, Blondie, hy hou van mooi jong vroutjies." Die man stap na haar toe.

"Nee, ek gaan nêrens heen nie," Amy skop die man en hy struikel effens. Dan hardloop sy na die stoep se deur toe sy gooi die eetkamer stoele om. Maar hy is te vinnig vir haar.

"Kyk hier! Ek het gesê ek hou nie van 'n histeriese vrou nie," hy gryp na Amy maar sy val op die grond oor een van die stoele. Sy lê vir 'n oomblik maar probeer weer regop kom. Sy weet net sy moet so gou moontlik weg kom.

"Kom hier jou... jou vroumens!" gil die man op haar.

"Help my..." skree Amy, in die hoop dat iemand haar sal hoor.

"Help... Help..." Sy het tot op die stoep gekom toe voel sy hoe iemand haar aan die hare trek.

"Ek het gesê kom hier," sy voel hoe sy weer by die huis ingetrek word. Sy gryp na die deurkosyn maar dit is tevergeefs. Die man sleep haar die huis in. Al wat sy kan doen is om te skop en te skree so hard as wat sy kan. Dan beland sy weer op die bank. Onverwags staan daar nog 'n man in die vertrek.

"Wat vat jy so lank?" Hoor sy hom ongeduldig vra.

"Die vroumens maak dit nie maklik nie hoor. Help my dat ons haar kan vasmaak."

Amy voel hoe haar hande styf agter haar rug vasgemaak word. En dan word daar iets oor haar mond geplak. Amy voel hoe sy opgetel word.

"Wat sê die Master?" vra die die tweede man wat in gekom het. Altwee het maskers aan. Maar daar is tog iets aan hulle wat sy seker is sy al van te vore gesien het.

Wat gaan hulle met haar maak? En wie is die Master? Amy was nog nooit in haar hele lewe so bang nie. Hoekom vat hulle haar?

"Die Master is tevrede, hy is bereid om 'n mooi bedraggie vir ons te gee as ons haar tot in Mosselbaai vat. O... O... O pappa... hier kom 'n groot payday vir ons twee," hulle lag opgewonde.

Amy het nog net gehoor dat sulke goed gebeur maar sy het nooit gedink dat sy in so 'n situasie sal wees nie. Die Master wil haar koop. Amy voel 'n beklemming om haar hart. Nee! Nee! Nee! Dit kan nie gebeur met haar nie. Sy kan nie verkoop word nie. Trane van vrees stroom oor haar wange. Sy haal hard asem. Die vrees vir wat wag oorweldig haar. Sy word agter in 'n voertuig se kattebak gesit. Dan sien sy hoe een van die mans 'n naald en inspuiting uit-haal.

"Blondie ek dink dit is tyd dat jy bietjie slaap." Die man begin lag. Die ander man staan langs hom en druk haar vas sodat hy haar in haar arm kan inspuit. Amy voel 'n steek in haar arm. Haar oë is groot en verbouereerd. Sy voel hoe daar stadig 'n donkerte aangesluip kom na haar. Sy kan nie haar oë meer oop hou nie. Haar liggaam word slap en sy word oorval deur die donkerte.

"Daarsy... slaap lekker *sleeping beauty,* ek moet ontslae raak van die komplikasie. Ons het nie iemand nodig om vrae te vra nie," Piet Smit maak die deur toe en klim voor in die voertuig in. Stadig ry hulle na die hawe toe, hulle kan nie bekostig om aandag te trek in hierdie *fancy* buurt nie.

Hoofstuk 15

Vroeg die volgende oggend word Gerrit reggemaak om oorgeplaas te word. Chris het verwag dat Amy vroeg al daar gaan wees, maar dit raak laat en sy het nog glad nie opgedaag nie. Hy gaan maar na haar huis toe ry sodat hy Gerrit se klere kan kry. Die ambulans gaan amper vertrek.

Chris ry na die adres wat Amy vir hom gegee het. Hy stop voor die huis. Die hek staan oop. Dit is vreemd dink hy. Dan ry hy in en gaan stop voor die motorhuis. Hy stap na die voordeur en net toe hy aan die deur klop gaan die deur oop. Dadelik is hy op sy hoede.

"Amy... môre Amy..." roep hy.

Hy stap stadig die huis in. En wat hy sien laat hom yskoud. Die sitkamer is deurmekaar, meubels is omgegooi en die bank se kussings is deurmekaar. Daar staan 'n beker met koffie en suiker in maar geen water nie. Hier was duidelik 'n gestoei aan die gang. Is dit moontlik dat iemand vir Amy ontvoer het. Hy is dadelik bekommerd.

"Amy... antwoord my." Hy loop op die stoep uit.

"Amy..." Maar daar is geen antwoord nie, waar sou sy wees?

Eers word Gerrit aangerand, en nou is Amy weg. Wat is hier aan die gang?

Hy bel die marine-inspekteur.

"Kobus, môre. Het jy al gekyk wat op Gerrit se foon is?" vra hy dadelik.

"Nee, daar is 'n wagwoord op, ons sal moet wag totdat hy dit vir ons kan gee," antwoord Kobus.

"Luister hier Kobus. Hier is iets groot aan die gang in Dwarskersbos, Gerrit het 'n vriendin ontmoet terwyl hy hier is," vertel Chris vir Kobus.

"'n Vriendin. Hy het niks vir my gesê nie," hy klink verbaas.

"Ja, sy het hom gisteraand kom soek by die hospitaal. Ek wou Gerrit se klere kom haal by haar maar sy is nie hier nie. Haar huis is deurmekaar, stoele is omgegooi daar was duidelik onwelkome gaste hier by haar gisteraand." Chris klink baie bekommerd.

"Nou hoekom sal hulle haar wil ontvoer?" vra Kobus.

"Sy het my gesê dat sy gister by Piet Smit was om vir Gerrit te soek. Dink jy hy kon haar gevat het. Sy het dalk te veel vrae begin vra?"

"Dit is moontlik. As Gerrit op iets groot afgekom het sou hulle nie wou hê dat te veel vrae, gevra word nie. Piet Smit het heel waarskynlik vir Gerrit aangerand en gedink hy is dood. Nou wil hulle haar ook stilmaak, as die polisie eers na hom begin soek kan dit nie goed wees vir hulle nie," antwoord Kobus. Hy is seker dit is wat gebeur het. Wat het Gerrit gesien. Het hy die bewyse op hierdie foon.

"Ek gaan kyk of ek vir Piet Smit kan opspoor by die hawe. As Gerrit wakker word en hy hoor dat Amy iets oorgekom het omdat sy na hom gesoek het sal hy werklik nooit homself vergewe nie," Chris klink baie bekommerd.

"Goed, asseblief wees net versigtig, dit voel asof hierdie saak skielik baie gevaarliker geraak het as wat ons gedink het, vissermanne kan baie gevaarlik wees as hulle bedreig voel," antwoord Kobus.

"Ek sal versigtig wees. Totsiens." Chris groet vinnig. Maak die huis toe en stap weer na sy voertuig toe. Dan stop hy klim uit en maak die hek agter hom toe. Hy ry na die hawe toe en begin na die Albatros soek maar daar is geen teken van die skuit nie. Hy klim uit en stap na die kantore.

"Môre," groet hy.

"Môre Meneer, waarmee help ek vanoggend?" groet die man hom vriendelik.

"Ek is opsoek na Piet Smit van die Albatros?" vra hy.

"Hulle is al vroeg uit vanoggend. Ek dink hulle is Kaap toe vandag."

"Goed baie dankie." Chris draai om en stap terug na sy voertuig.

Wat moet hy nou doen. Hoe seker kan hy wees dat Amy wel op die Albatros sal wees. Moet hy die kans vat en Kaap toe ry en die Albatros inwag. Dan lui sy foon.

"Chris dit is Kobus hier," praat die inspekteur.

"Kobus. Die Albatros is reeds weg. Hulle is blykbaar op pad Kaap toe. Ek is nie seker wat om te doen nie?" Chris voel moedeloos, hy moet vir Amy opspoor, hy het 'n aaklige gevoel dat sy in groot gevaar verkeer.

"Ek kan nie dink dat sy op enige ander plek kan wees as die Albatros nie. Maar ek het ook 'n paar interessante foto's gekry op Gerrit se foon. Die selfoonkenner by die Polisiestasie het vir my die wagwoord gekry. Ek stuur dit vir jou," Kobus klink baie ingenome met homself.

"Jou seun het hulle. Dit is wat hy daardie dag bedoel het. Hulle gebruik die ekstra vis om dwelms in weg te steek. Hy het 'n paar goeie foto's geneem van hulle."

"Hy het goeie werk gedoen, maar in die proses amper sy lewe verloor," Chris kan nie help om skielik hartseer te voel nie. Hy weet dat dit saam met die werk kom. Hulle is nooit seker van hulle lewe nie, maar dit is nog steeds moeilik as dit met jou kind gebeur.

"Ons het redelik genoeg bewyse om 'n saak oop te maak en sodra die Albatros anker gooi hier in die Kaap, gaan Piet Smit 'n baie groot verrassing kry." Kobus klink verlig.

"Goed ek dink die beste is dat ek dan Kaap toe kom en daar is wanneer julle vir Piet Smit in hegtenis neem. Ons moet die Albatros deursoek. Amy moet daar wees," Chris groet en klim in sy motor. Hy moet so gou as moontlik in die Kaap by die hospitaal kom. Hy voel onrustig oor Gerrit.

Hoofstuk 16

Chris klim moeg uit sy voertuig uit. Dit voel asof hy vir dae nie geslaap het nie. Hy is gedaan, hy stap by die hospitaal in. Sy vrou het hom laat weet waar Gerrit se kamer is, hy maak die deur oop en sien dadelik sy vrou raak, sy spring op van die stoel waarop sy gesit het langs Gerrit se bed en hardloop in sy arms in.

"Chris, dankie tog jy is veilig," Katrien rus haar kop vir 'n oomblik op sy bors. "Gerrit het wakker geword in die ambulans," sy draai om en stap na waar Gerrit op die bed lê, "hy is nog baie deurmekaar, hulle het hom iets gegee om te slaap," sy vat Gerrit se hand en vryf met haar ander hand oor Gerrit se deurmekaar hare.

"Dankie Here. Wat het die dokter gesê?" vra hy sy vrou en gaan staan aan die anderkant van Gerrit se bed.

"Hulle is tevrede. Hy het gebreekte ribbes en 'n lelike hou op die kop maar dit wil lyk of hy darem buite gevaar is," sy is so verlig. Dit voel of sy honderd jaar ouer geword het hierdie afgelope paar dae.

"Ek is bly," Chris gaan sit op 'n stoel langs Gerrit se bed.

"Jy moet gaan slaap vir so paar uur, jy lyk gedaan," Katrien loop om die bed tot by Chris en vryf liefderik oor sy hare.

"Ek is gedaan. Hierdie was seker die moeilikste twee dae van my lewe. Ek weet dat as polisie kaptein kry ek daagliks te doene moet moeilike sake en baie groot hartseer, maar dit is anders as dit met jou eie kind gebeur." Hy gee 'n snik, en skielik kan hy dit nie meer keer nie. Hy druk sy kop teen sy vrou en sy vou haar hande om hom en hou hom vas. Sy laat hom huil. Hierdie groot sterk man van haar is ook net 'n mens. Hy vergeet soms dat hy nie altyd vir almal kan sterk wees nie.

"Ek het gedink ons het hom verloor Katrien. Toe ek hom daar op die strand kry, het dit gelyk of hy dood is," hy vee die trane af met sy hand. "Katrien, hy het iemand ontmoet terwyl hy in Dwarskersbos was," hy vertel vir Katrien van Amy.

"Maar hoekom sal iemand haar wil vat, dit is vreeslik," Katrien gaan staan voor die venster en staar oor die see.

"Ek dink die mense wat vir Gerrit aangerand het dink hy is dood, nou wil hulle Amy stil maak omdat hulle bang is sy vra te veel vrae." Hy gaan staan langs haar.

"Haar stil maak," sy klink geskok, "wie sal so wreed wees my man?" Katrien kyk op na haar Chris.

"Ek weet nie, maar daar is baie wrede mense in hierdie mooie wêreld van ons. Maar moenie bekommerd wees nie, ons gaan hulle vastrek. Hulle gaan nie hiermee weg kom nie," Chris sit sy arms om Katrien en hou haar vir 'n oomblik vas.

"Pa... ma," hoor hulle skielik Gerrit se stem.

Hulle draai verras om.

"Gerrit... Jy is wakker... Dankie Here daarvoor."

Katrien begin saggies huil van verligting. "Gerrit, ek was so bekommerd oor jou." Sy vat Gerrit se hand.

"Pa... waar is ek... ek verstaan nie?" Gerrit lyk baie verward.

"Jy is in die Kaap ,in die hospitaal, my seun," antwoord Chris vir Gerrit.

"In die Kaap. Maar hoe?" Gerrit probeer regop kom. Maar dadelik kreun hy van pyn.

"Versigtig. Jy het 'n hele paar ribbes gebreek," sê Chris vinnig.

"Dit voel asof 'n trein my getrap het. Hoe lank is ek al hier?" vra hy.

"Jy is van gisteroggend af in die hospitaal in Dwarskersbos. Maar vanoggend is jy oorgeplaas hierheen, die ambulans het jou gebring," antwoord sy ma.

"Dwarskersbos. Pa... daar het iets gebeur..." dit is asof Gerrit skielik ernstig dink en dan onthou hy, "die selfoon, waar is die selfoon?" Hy lyk skielik angstig.

"Bedaar. Die marine-inspekteur het hom. Hy het die foto's gekry. En hy sê hy het genoeg bewyse om Piet Smit in hegtenis te neem. Met jou getuienis, gaan hulle lank sit," Chris is baie trots op sy seun.

"Dankie tog," Gerrit sug 'n sug van verligting, "ek het amper gedink die foon is weg. Hoe het pa by my uitgekom?" Dan vertel Chris hom rustig alles wat gebeur het.

"Pa dankie, dankie dat pa altyd daar is." Chris vat sy pa se hand.

"My seun, jy is al wat ek en jou ma het. Ek sal altyd daar wees," daar is 'n oomblik se stilte in die kamer.

"O hemel. Amy... Pa daar is iets wat ek pa moet vertel," Gerrit is skielik angstig. Amy dink seker hy het haar net so in die steek gelaat.

"Nee my seun, daar is iets wat ek jou eerste moet vertel. Ek het Amy ontmoet. Sy het jou kom soek by die hospitaal. Sy is pragtig," sê Chris.

"Sy het my kom soek... " Gerrit sug tevrede en sit agteroor.

"My seun, ek het nie goeie nuus nie," hy bly vir 'n oomblik stil. Gerrit draai sy kop na hom.

"Wat is fout pa?" Gerrit voel skielik 'n beklemming om sy hart.

"Dit lyk of Amy ontvoer is," hy bly stil.

"Wat! Wat bedoel pa lyk of sy ontvoer is?" dit voel vir Gerrit of hy vir 'n oomblik nie kan asem kry nie. Het hy reg gehoor: "Amy is ontvoer?"

"Ek was by haar vakansiehuis om jou klere te gaan haal. Alles was deurmekaar en sy was nêrens nie. Stoele was omgegooi kussings het rondgelê. Dit het vir my gelyk of iemand erg gestoei het. Ek dink Piet Smit het haar ontvoer. Hulle dink jy is dood. Sy het jou gaan soek by die Albatros. En dit het hulle senuweeagtig gemaak," verduidelik Chris, hy kan sien dat Gerrit baie ontsteld is.

"Deksels. Ek moes nooit betrokke geraak het by haar nie," Gerrit kom weer regop. Die keer kreun hy nie van die pyn nie. Hy sit net regop. Hy verdien die pyn wat hy het.

"Jy moet nie dit doen nie, ons sal haar kry. Die Albatros is op pad Kaap toe. Sy kan net op die skuit wees. Hy sal seker teen môremiddag hier wees en die marine-inspekteur wag vir hulle. Hulle gaan Piet Smit in hegtenis neem en dan gaan ons die skuit deursoek, sy moet daar wees," probeer Chris sy seun gerus stel.

"Pa, daai man is baie gewetenloos, ek weet want hy het nie twee keer gedink om my vir dood op die strand te los nie. Wat dink pa gaan hy aan 'n weerlose vrou doen?" vra Gerrit bekommerd.

"As ek vir Piet Smit reg opsom dan sê ek jou hy gaan haar nie seermaak nie. Hy is iemand wat geld soek, en ek is seker dat hy eerder gaan kyk of sy vir hom iets werd is as vermoor," Karlien trek haar asem in. "My vrou ek weet dit klink wreed. Maar op pad hierheen het ek baie daaroor gedink, dit sal hom niks baat om haar te vermoor nie. Verkoop haar eerder kry haar uit die land en dan is sy probleem opgelos," hy draai nie doekies om nie. Gerrit moet weet wat wag.

"Dit maak sin want hy is baie geldgierig. Die tydjie wat ek vir hom gewerk en die vis wat hy ekstra verkoop het, was baie meer as wat hy vir die bemanning gegee het. En dan is daar nog die dwelms ook, hy sal beslis eerder die geld wil hê," antwoord hy sy pa.

"Maar jy moet nou eers rus, daar is niks wat ons nou kan doen nie ons sal moet wag tot môre. Sodra die Albatros anker gaan ek persoonlik daar wees om hom te deursoek," verseker sy pa hom.

"Dankie Pa, sy is 'n wonderlike vrou. Ma sal sommer lief raak vir haar, ek het lief geraak vir haar," daar verskyn 'n glimlag om sy lippe.

"Ai my seun, ek is so bly jy het iemand ontmoet. Sy moet beslis baie spesiaal wees as sy jou hart gewen het," antwoord sy ma hom.

"Ek dink ons gaan nou eers gaan. Ek het 'n stort, jou ma se kos en 'n bed nodig. Jy het my omtrent bekommerd gehad hierdie afgelope paar dae."

"Dankie vir alles pa. Ek is lief vir pa," Gerrit steek sy hand uit na sy pa maar Chris sit sy arms om Gerrit en vir 'n oomblik staan die pa so met sy seun in sy arms. Dankbaar dat hy nog die geleentheid het om dit te kan doen.

Dan gaan Chris en Katrien huis toe. Verlig dat hul seun veilig is maar ook bekommerd oor waar Amy is.

Hoofstuk 17

Amy maak haar oë stadig oop, haar kop kloppend van 'n ondraaglike hoofpyn. Sy knip haar oë verskeie kere in 'n poging om haar omgewing duideliker te sien, maar die vertrek is stikdonker. Die sterk reuk van vis vul haar neus, so sterk dat dit haar asemhaling bemoeilik. Die band oor haar mond hou haar stem stil, en haar hande is styf vasgebind agter haar rug. Haar arms is pynlik gevoelloos, en selfs haar bene kramp weens die ongemaklike posisie waarin sy lê.

Met moeite probeer sy regop kom, en 'n golf van duiseligheid tref haar toe sy uiteindelik daarin slaag. Haar oë flits wild rond in die donker. Waar is sy? Die sagte gekraak van hout om haar en die ritmiese wieg van haar omgewing laat 'n koue besef by haar insink – sy is op 'n boot. Maar waarheen neem hulle haar? Trane stroom oor haar wange terwyl haar hele liggaam deur vrees oorheers word.

"Asseblief Here help my. Ek is bang," Amy maak haar oë toe en bid, "wat gaan van my word?" Dan onthou sy haar Sondagskool juffrou wat eendag vir hulle 'n storie vertel het van 'n hoender wat haar kuikens beskerm het in 'n vuur. Alles het afgebrand behalwe die kuikens, want die moeder hen se vlerke het hulle beskerm. "Asseblief Here, beskerm my ook so."

Dan hoor sy voetstappe. Die deur gaan oop en Piet Smit staan voor haar.

Sy het geweet sy het die man van iewers erken.

"Blondie is jy wakker?" vra Piet vriendelik en trek die band van haar mond af.

"Waar is ons?" vra Amy dadelik.

"Vir my om te weet en vir jou om uit te vind," hy lag hard vir sy eie grap.

"Maak my los. Ek wil huis toe gaan. Jy het geen reg om my hier te hou teen my wil nie," skree Amy op hom.

"Ek kan maak net wat ek wil Blondie. Niemand sal vir my sê wat om te doen nie," Piet is dadelik ongeduldig.

"Daai Gerrit vent het ook gedink hy kan maak wat hy wil. Toe kry hy een groot surprise."

"Jy is 'n aaklige mens," skree Amy weer op hom.

"Ek weet, ek weet. Ek is aaklig, ek is wreed, ek het geen gevoel nie... bla... bla... bla... wie gee tog om wat jy van my dink, solank ek net my *payday* kry, is ek happy," Piet staan op en stap op en af.

"Wat gaan jy met my maak?" vra Amy skielik saggies.

"Wat gaan ek met jou maak," Piet lag skielik, "ek gaan niks met jou maak nie Blondie. Die Master hy is die een waaroor jy moet *worry*. Ek soek net my *payday*. Hy soek baie meer. Ek is nie daai tipe ou nie. *So do not worry about* Piet Smit," Piet wil by die deur uit stap

"Kan ek asseblief water kry. Ek is baie dors. En ek kan nie meer my hande voel nie. Asseblief kan jy die

102

toue los maak waarheen gaan ek tog gaan. Ons is seker in die middel van die see," vra Amy, sy smeek amper. Piet staan en kyk na Amy.

"Nou goed, ek kan jou seker maar losmaak. Maar onthou een ding probeer iets vandag en ek voer jou vir die haaie, hier is baie van hulle in die Kaapse waters." Dreig hy Amy.

"Dankie," is al wat sy sê. Sy vryf haar palms dit is rooi geskaaf waar die tou was. Dan drink sy gulsig aan die bottel water wat Piet vir haar gee. Hy draai om en loop uit die vertrek en sluit die deur agter hom. Sy staan stadig op, kyk om haar rond. Die vertrek is leeg maar die reuk van vis is baie erg. Daar is 'n klein venstertjie wat na buite wys.

Sy staan op haar tone om uit te kyk. Al wat sy sien is water. Dan sak sy weer op die vloer neer en trek haar bene tot onder haar ken. Sy vou haar arms om haar bene en rus met haar kop op haar knieë. Dan begin sy huil. Haar skouers ruk soos sy snik. Wie is die Master. Watter tipe man word Master genoem. Wat is sy plan met haar.

Ure gaan verby voordat Piet weer sy verskyning maak. Amy staan dadelik op en vee haar hare uit haar oë. Haar gesig is vuil en haar hare hang in slierte agter haar rug af. Haar hemp en broek wat sy aan het is ook vuil van die lang sit op die vloer. Maar al lyk die prentjie hoe pateties bewonder Piet haar. Wie sou so 'n mooi vrou kon maak. Sy is beeldskoon al lyk sy verwaarloos. Sy moet seker moeg en honger wees

"Blondie! Is jy honger?" vra hy vir Amy.

Amy bly vir 'n oomblik stil. Sy het nog glad nie aan kos gedink nie. Dalk moet sy iets eet om haar kragte op te bou. Sy weet nie waar sy haar gaan bevind nie.

"Ja asseblief," antwoord sy.

"Ek sal vir jou iets bring. Ek hoop jy eet vis." Piet lag weer vir homself. "Blondie ons is nie meer ver nie. Jy moet jouself so bietjie was en skoon aantrek, die Master hou nie van 'n slordige vrou nie. En jy moet goed lyk. Ek soek 'n goeie *payday* vandag."

Hy gooi 'n sak na Amy toe. Sy sien dat dit van haar eie klere is en 'n badkamersakkie by dit is.

"Wanneer het jy dit gekry?" Vra sy.

"Toe jy in droomland was. Ek weet darem wat 'n vrou nodig het hoor. Ek is nie heeltemal *clueless* nie Blondie," antwoord hy vir Amy.

"Nou wat wil jy hê moet ek sê. Dankie!" skree sy skielik histeries.

"Hou jou mond vroumens," hy druk sy hand oor haar mond. As die ouens weet sy is hier gaan hy nie die einde van dit hoor nie.

"Asseblief... Moenie my verkoop nie. Ek sal vir jou geld gee. Alles wat ek het. Asseblief!" smeek sy.

"Jy gaan nie genoeg hê nie Blondie. Dit wat hy vir my en Jonker gee sal jy nie kan bybring nie," Piet bly skielik stil. Amy kyk na hom,

"Jonker... wie is dit?" vra sy vinnig.

Piet draai vinnig om. "Ek moet gaan, trek jou aan ons gaan amper anker gooi." Hy slaan die deur agter hom toe en sluit hom.

Amy staan vir 'n oomblik stil. Wie is Jonker? Waar het sy daardie naam al gehoor.

Sy maak die sak met klere oop en begin haar aantrek. Piet het vir haar nog 'n bottel water gebring en sy was haar gesig en hande. Sy probeer haar hare kam maar dit is so gekoek, maar sy voel in elk geval beter toe sy klaar is. Dan onthou sy skielik. Speurder Jonker. My liewe hemel. Is hy deel van hierdie hele ontvoering. Sy skud haar kop. Sy probeer hulp kry by die polisie toe is hy die een wat haar aan haar genade oor laat. Hy was ook seker die tweede man wat saam by die vakansie huis was. Piet maak weer die deur oop en bring vir haar 'n bord met kos.

"Blondie, maar jy kan nogal mooi lyk as jy wil. Master gaan sommer baie *pleased* wees met my," Hy lyk baie ingenome met homself.

"Het jy vroeër van speurder Jonker gepraat Piet? Het hy jou gehelp?"

"Waarvan praat jy Blondie. Niemand het my gehelp nie." antwoord hy

"Jy lieg! speurder Jonker het jou gehelp." Amy begin haar humeur verloor. Sy stamp die bord kos uit Piet se hand. Dit bring hom van stryk en vir 'n oomblik is sy aandag afgetrek. Amy hardloop vir die deur. Piet het die sleutel in die deur gelos en sy slaan hom agter haar toe en sluit hom.

"Vroumens... Kom hier!" hoor sy hoe Piet skree. Dan begin hy stamp aan die deur.

Sy sal vinnig 'n plan moet maak. Sy moet van hierdie Skuit af. Sy weier dat enige Master haar koop. Sy hardloop af in 'n baie smal gang. Dan sien sy lig. Sy hardloop met trappe op. Skielik is sy buite op die dek. Sy kyk om haar rond. Waarheen kan sy gaan. Dan hoor sy Piet skree. Hy klink baie nader aan haar, hy het seker die deur gebreek. Sy hardloop al langs die reëling van die Skuit. In haar haas om weg te kom hardloop sy teen 'n visserman vas.

"Aitsa, waar kom jy vandaan?" vra hy verras.

"Manne kyk wat het ons hier." Roep hy die ander manne nader. Almal praat gelyk.

Amy lyk verbouereerd. Sy moet van hierdie skuit af kom. Maar sy sien geen land nie. Sy weet nie waar sy is nie. Hoe ver sal sy moet swem voor sy hulp gaan kry. Haar situasie is skielik heeltemal hopeloos vir haar. Dan gryp iemand haar van agter af.

"Vroumens ek het gesê *try* iets en ek gooi jou vir die haaie," Piet stap na die kant van die skuit. Hy tel haar op en kyk dreigend na haar. Die ander vissermanne is dood stil. Wat het in Piet gevaar. Gaan hy haar regtig oor boord gooi.

"Ek is jammer... asseblief moenie... Ek is... jammer..." is al wat Amy kan uit kry.

"Ek sal nie weer nie. Asseblief moenie..." Vir Piet lyk Amy skielik klein en weerloos in sy arms, hy kry haar jammer en sit haar vinnig neer. Waar kom hierdie skielike omgee vandaan, hy ruk homself reg.

"Gaan jy jouself gedra?" vra hy kwaai.

"Ja ek sal my gedra," kom dit sag van haar. Wat het sy elke geval gedink gaan sy doen. Sy kan nie land toe swem nie. Sy is vasgekeer en aan hierdie man se genade oorgelaat.

"Manne, julle het niks gesien nie verstaan julle my. Die een wat praat sal nie weer kan praat nie," dreig Piet. Amy sien hoe die manne eenkant toe loop.

Hulle is beslis bang vir Piet. Sy dreigement val nie op dowe ore nie. "Kom," beveel hy vir Amy en sy luister dadelik en stap saam met hom terug na die kajuit onder in die skuit.

"Ek sal vir jou 'n ander bord kos bring," hy wag nie vir 'n antwoord nie stap net uit die vertrek uit.

Daar ruk 'n snik deur Amy. Sy is vasgekeer en verlore en niemand weet waar sy is nie. Sy kan net sowel opgee en haar lot aanvaar. Niemand gaan haar kan red nie.

Hoofstuk 18

Gerrit lê angstig en wag vir sy pa om te laat weet dat Amy veilig is. Hy het al hoeveel keer gekyk of die foon se battery vol is en nie af is nie. Hoekom vat dit so lank om iets van hom te hoor? Hy skrik eintlik toe die foon lui, en tel hom dadelik op en antwoord.

"Middag Pa," antwoord hy, angstig om te hoor of hy vir Amy gekry het.

"Middag Gerrit," antwoord sy pa hom dadelik. "Ek het ongelukkig nie goeie nuus nie," sê Chris met 'n bekommerde stem.

"Sy was nie op die skuit nie?"

"Nee. Ongelukkig nie, ons het wel in een van die kajuite tekens gekry dat daar wel iemand aangehou was. 'n Tou en dan 'n stukkende bord en water bottels, en ook 'n dame se hemp. Ek is nie seker of dit Amy sin is nie," antwoord Chris hom.

"Wat het Piet Smit gesê?" vra Gerrit

"Hy ontken dat sy daar was. Sweer hoog en laag dat hy niks verkeerd gedoen het nie. Maar ongelukkig vir hom het die marine-inspekteur jou foto's en dan ook die verslae, jou getuienis en 'n hoop ander bewyse teen hom. Hy gaan lank sit," antwoord Chris.

"Pa ek moet met Piet praat? Hy weet waar Amy is. Ek sal hom laat praat." Gerrit klink baie kwaad en sy pa kan hoor dat hy nie nee vir 'n antwoord sal vat nie.

"Ek sal kyk wat ek kan doen," is al wat hy sê.

"En die ander bemanningslede, waar is hulle?" vra Gerrit.

"Hulle is ook in aanhouding, saam met Piet. Daar gaan eers ondersoek ingestel word om seker te maak dat hulle nie betrokke was by die dwelmhandel nie." Chris weet dat sy seun seker baie vrae het. Hy wens hy kon hom beter nuus gee.

"Ek dink nie so nie pa. Hulle het net Lotto geld ontvang. Hulle het nie eens geweet hoekom hulle dit kry nie," verduidelik hy.

"Ek sal die Inspekteur sê."

"Pa ek gaan hoor of hulle my kan ontslaan, ek kan nie in die bed sit terwyl Amy weg is nie. Ek moet haar gaan soek, hierdie hele gemors is my skuld." Gerrit klink baie ongelukkig en Chris weet dat hy onnodig gaan probeer keer.

"Goed, laat weet my as ek jou moet kom haal," is al wat Chris kan sê. Sy vrou gaan natuurlik glad nie gelukkig wees met hulle nie maar hy kan verstaan as Gerrit bekommerd is en wil soek na Amy. Hoe langer hulle wag om haar te kry hoe moeiliker gaan dit wees om haar op te spoor.

"Ek maak so pa. Totsiens,"

"Totsiens Gerrit." Chris sit die foon neer.

Gerrit het nog baie seer, sy ribbes wat gebreek is veroorsaak dat hy nie regop kan loop nie en hy sukkel om behoorlik asem te haal maar hy dwing homself om deur die pyn te werk. Hy kan nie die bekommernis oor Amy afskut nie, hy weet net dat hy haar so gou as moontlik moet opspoor anders gaan hy haar nooit weer sien nie.

Dit vat baie om die Dokter te oorreed om hom te ontslaan. Hy moet nog rus maar Gerrit weier eenvoudig om te luister. Met die gevolg is dat hy homself uitteken. Die Dokter weier om enige verantwoordelikheid te vat vir Gerrit se gesondheid. Hy gee nie om nie, al het hy hoe seer en al is sy oë nog geswel en sy lyf gekneus, gaan hy nie 'n minuut langer in 'n hospitaalbed sit nie. Hy laat weet sy pa om hom te kom haal. Hy pak sy goed en stap dan uit die hospitaal uit. Solank hy pynmedikasie het, sal hy oorleef. Al wie nou belangrik is, is Amy. Hy wag nie lank nie of Chris stop voor die hospitaal se ingang. Gerrit klim stadig in, Chris kan sien dat Gerrit nog baie pyn het.

"Hoe voel jy?" vra Chris.

"Ek sal pa liewer nie antwoord nie. Die dokter is glad nie gelukkig met my nie," antwoord hy sy pa eerlik.

"Jy weet dat jou ma jou heel waarskynlik in haar motor gaan laai en weer terugbring hospitaal toe as sy weet jy het jouself uitgeteken," waarsku Chris met 'n glimlag.

"Ek weet. Ons moet haar maar nie sê dat ek uit is nie," antwoord hy.

"Dit gaan bietjie moeilik wees, jou ma wil jou kom besoek, ek moes haar laat weet om nie te ry nie. As sy hier aankom en jy is nie hier nie dan gaan ek in groot moeilikheid wees. Ek wil nog vanaand agter haar rug slaap," terg Chris.

"Pa moet dan maar agter my rug kom slaap as sy pa uitskop," pa en seun lag. Vir 'n oomblik is die spanning gebreek tussen hulle. Maar dan raak dit stil in die voertuig en kan Gerrit nie help om te voel hoe die vrees hom oorweldig nie. "Waar is jy Amy? wat het Piet met jou gemaak? lewe jy nog? het jy seer? waar moet ek begin soek?" Al hierdie vra en honderd ander maal deur sy kop. Al wat hy kan doen is om deur die motor se venster te staar en te bid dat sy nie dood is nie.

Hulle stop by die polisiestasie en stap dadelik na die selle toe. Chris kon reël dat Gerrit met die bemanningslede van die Albatros praat. Hulle weet nie hy is 'n speurder nie en hulle het besluit om dit vir eers so te hou. Hulle hoef nog nie te weet wie hy regtig is nie. Hulle sal dalk makliker met hom praat as hy deel van hulle is. Die hek van die sel waarln hulle is word oopgesluit en hy stap in. Dan sluit Chris weer die hek agter hom.

"Gaan sit daar by jou pelle," sê Chris vir Gerrit. Jan spring dadelik op toe hy vir Gerrit erken.

"Gerrit jinne ou, wat het met jou gebeur? Waar was jy heeltyd?" vra Jan nuuskierig.

Van die ander mans begin ook om hulle staan. "Iemand het my aangerand nou die aand. Die polisie het my gekry, toe hoor hulle ek werk op die Albatros en bring my hierheen. Wat gaan aan ouens?" vra hy vir hulle.

"Ons het net Lotto geld gekry," antwoord Jan hom eerlik.

"Nou sit ons in die tronk, wat moet ons nou maak en hoe gaan ons weer terugkom by die huis," kla Jan. Die ander mans is ook baie bekommerd.

"Waar is Piet. Hy moet ons mos kom help?" vra Gerrit. Hy kyk rond in die sel maar Piet is nie daar nie.

"Iemand het hom kom haal vir ondervraging. Gerrit, hy het ons in groot moeilikheid gebring. Al daai Lotto geld was lyk my vir die vis wat hy ekstra verkoop het. Hy beter nie weer terugkom nie, ons is almal lus vir hom," Jan is baie omgekrap en die ander manne beaam dit.

"Ek het van die polisiemanne hoor praat van 'n meisie wat ontvoer is. Hulle dink Piet het iets daarmee te doen. Weet julle iets? Waarmee was Piet besig. Hy gaan maak dat ons jare sit vir iets wat ons nie gedoen het nie," Gerrit klink baie ontsteld en begin op en af loop.

"Ek is net 'n visserman, nie 'n ontvoerder nie," sê hy verontwaardig.

"Ja sê ons ook, ons het nie eens geweet daai girl is op die boot nie." Praat Jan sy mond verby.

"Wat sê jy? Was daar 'n girl op die boot. Waar is sy nou? Ek gaan daai Piet vermoor as hy my laat sit vir iets wat ek nie gedoen het nie." Gerrit se stem is hard, hy is woedend.

"Hy het haar in Mosselbaai afgelaai. Hy het haar Blondie genoem," antwoord Jan vinnig. "Ons het haar eers gesien toe sy probeer weghardloop het maar sy kon nie wegkom nie want ons was nog op die see. Piet wou haar oorboord gooi so kwaad was hy maar sy het hom gesmeek en gehuil. Piet het haar jammer gekry en haar toe maar eerder weer onder toe gevat. Maar in Mosselbaai het hy haar gedwing om in 'n groot swart motor te klim, sy het baklei daarteen maar dit het nie gehelp, sy wou duidelik nie saam met die mense in die motor ry nie." Verduidelik Jan wat hy gesien het.

"Nou hoekom sou hy 'n vroumens op die boot sit, wat wou hy met haar maak?" vra hy Jan.

"Ons weet nie, al wat ek gesien het is dat sy glad nie gelukkig was nie. Sy was baie bang en het al die pad gehuil toe hulle na die motor toe geloop het. Heeltyd vir Piet gesmeek, maar hy het haar net aan die arm getrek en in die motor in gedruk. Ek het nie geweet dat Piet so gewetenloos kan wees teenoor 'n vrou nie. Geen wonder sy *girlfriends* is almal *one night stands* nie," Jan is ernstig toe hy dit sê en Gerrit voel skielik hoe iemand hulle hande om sy nek sit en hom begin wurg. Hy kan glad nie asemhaal nie. Hy moet so gou moontlik hier uit kom. Hy roep een van die wagte om vir hom oop te sluit.

"En nou, wat maak jy nou?" vra Jan verbaas toe die wag hom uitlaat. Gerrit draai om en staan by die hek.

"Jan ek is 'n speurder. Ek ondersoek die saak van Steelvisketting op julle skuit," Gerrit bly stil en hou Jan se reaksie dop.

"Wat sê jy?" vra Jan geskok.

"Ek is 'n speurder Jan," herhaal hy.

"En hier staan ek en blaker alles uit oor die Blondie. Jy weet Piet gaan my doodmaak as hy hoor ek het jou vertel van haar," Jan klink baie benoud.

"Ek is haaikos wanneer ons weer uitvaar," skree hy skielik vir Gerrit.

"Jan bedaar tog. Ek het klaar vir hulle gesê julle het niks daarmee te doen nie. Julle gaan seker voor donker uit wees. Piet is die een wat gaan sit, hy is in groot moeilikheid," stel Gerrit hom gerus. "Hy het my geslaan en van sy handlangers opdrag gegee om my te martel en gelos vir dood op die strand. Hy is deel van 'n dwelm-smokkelnetwerk en ook van Amy wat ontvoer is. En dan het hy onwettig vis verkoop. Hy kyk na 'n hele paar jaar in die tronk," verduidelik hy. Jan ontspan effens, maar voel nog bekommerd. Hy vertrou glad nie vir Piet Smit nie.

"Ek hoop jy is reg, met daai man sukkel 'n mens nie mee nie."

Hoofstuk 19

Gerrit draai om en loop uit die vertrek uit. Dit is tyd dat hy vir Piet onder oë kry. Hierdie gaan baie interessant wees. Piet sit agteroor op 'n stoel. Hy lyk glad nie bekommerd nie maar die oomblik toe Gerrit instap sit hy regop. Duidelik het Piet nie verwag om weer vir Gerrit te sien nie. Daar klop 'n spier teen sy slaap.

"Môre Piet," groet Gerrit. Hy skuif 'n stoel onder die tafel uit en gaan sit. Hulle kyk na mekaar.

"Seker nie verwag om my weer te sien nie?" vra Gerrit vir Piet.

"Wie is jy?" vra Piet.

"Ek is speurder Gerrit van der Merwe," antwoord Gerrit. "Ek was op jou skuit om die steelvisketting te ondersoek," antwoord Gerrit eerlik.

"'n Speurder. Ek het geweet dat jy te smart is vir daai klomp dronklappe op my skuit," sê Piet.

"Piet, ek gaan jou net een iets vra, ek soek 'n eerlike antwoord." Gerrit staan op en loop om die tafel, hy stap tot langs Piet en buig dreigend af. Sit sy hand op Piet se skouer.

"Waar is Amy?" vra hy sag by sy oor.

Piet kyk op na hom.

"Wie?" vra hy sarkasties.

"Piet, ek het nie tyd vir speletjies nie. Jy weet van wie ek praat!" Gerrit buk dreigend. "Waar is Amy?" hierdie keer vra hy dit harder.

Piet begin lag. Gerrit gryp hom aan die kraag en tel hom op. Die stoel val om en gly oor die vloer. Hy loop met hom tot teen die muur.

"Jy gaan vir my sê waar sy is, of jy vrek vandag!" skree Gerrit in Piet se gesig.

"*Cool it, cool it*. Praat jy van Blondie?" vra Piet skielik onskuldig.

"Hou op om my te tart Piet. Waar is sy?" vra Gerrit weer.

"*Long gone... sy is long gone*," sê Piet sag naby Gerrit se oor dan begin hy weer lag. Gerrit kan dit nie meer keer nie, hy gee vir Piet een harde hou deur die gesig, Piet keer hom glad nie. Dan is Gerrit se pa by hom. Hy moet al sy mag gebruik om Gerrit van Piet af te tel.

"Gerrit, hou op, wat probeer jy doen?" skree sy pa ontsteld.

"Hy weet waar sy is pa... hy weet waar sy is..." sê hy oor en oor. Hy hou sy ribbes vas terwyl hy na sy asem hyg.

"Piet, jy beter ons vertel wat jy met Amy gemaak het. As jy enige hoop soek om vinniger uit die tronk te kom beter jy bid dat ons haar kry," sê Chris uitdagend.

"Sy is in Mosselbaai. Die Master het haar van my hande af gevat. Nogal 'n oulike bedraggie gekry, moet ek by sê."

"Herhaal wat jy nou net gesê het?" vra Gerrit ongeduldig.

"Daai mooi lyfie en gesiggie van haar gaan baie mans se harte opgewonde maak," sê Piet uitdagend.

Gerrit moet homself inhou. Hy haal hard asem. "Wat het jy gedoen Piet. Hoe kon jy haar na die Master toe vat, vir wat, vir 'n *payday*," Gerrit voel of hy sy humeur gaan verloor. Piet begin weer lag. "Het jy geen gevoel nie!," Gerrit se stem is hard en ego die gang af.

"Dit is net besigheid, niks persoonlik nie. Blondie is 'n mooi poppie, ek kan verstaan hoekom jy van haar hou, ek het haar amper jammer gekry," antwoord Piet.

"Ek hoop vir jou part dat ons haar kry," dreig Gerrit.

"Jy weet waar om my te kry," lag Piet weer. "Jy sal moet gou maak. Die Master hou van mooi vroumense, en Blondie is besonders," waarsku hy.

"Piet hou jou mond, ek dink jy het genoeg skade gedoen," antwoord Chris.

"Kom Gerrit, ons moet gaan, ons het lank genoeg tyd gemors. As ons Amy wil kry voordat daardie man haar uit die land smokkel beter ons baie gou ons skuif maak." Hulle het al baie gehoor van die Master se onderduimse besighede en hulle het al gehoor van die mensehandel. Maar daar was nog nooit enige bewyse teen hom nie. Hy is net te slim. Laat ander altyd die vuil werk doen. Hy self maak nooit sy hande vuil nie.

"Pa waar begin ons soek?" vra Gerrit moedeloos. "Wat het Piet besiel om so iets aan te vang. Is hy so geldgierig dat 'n mens se lewe nie eens meer vir hom saak maak nie."

"Ek weet nie. Piet het gesê hy het haar in Mosselbaai afgelaai en Jan het gesê sy is in 'n swart motor by die hawe opgelaai. Dit is seker die beste plek om te begin. Ons gaan Mosselbaai toe, gaan soek iemand wat daai swart motor gesien het. Iemand moet weet wat daar aangaan. Die hawe is 'n gevaarlike plek daar gaan baie duistere goed aan wat niemand van weet nie. Iemand sal ons vertel wat ons wil weet."

"Goed pa ek sal gaan, hierdie is my gemors. Ek moet dit gaan uitsorteer. Hoekom was ek so dom om betrokke te raak by iemand. Ek het geweet ek doen nie die regte ding nie," baklei Gerrit met homself.

"Gerrit dit is nou te laat om daaroor te top en jouself te verwyt. Nou moet jy optree. Gaan Mosselbaai toe en gaan stel ondersoek in, begin by die hawe. Soek kameras, iewers moet daar inligting wees oor daardie voertuig," stel sy pa voor,

"Goed pa, ek gaan dadelik ry. Ek kan nie tyd mors nie. Enige oomblik kan Amy verdwyn en dan gaan ek haar nooit opspoor nie," Gerrit staan op. Hy het so seer. Maar hy weier om dit vir sy pa te wys, hy gaan maar net die pyn moet verduur.

"Gerrit ek dink jy moet dalk net by jou ma 'n draai maak. Iets ordentlik eet en gaan stort. Jy moet dalk ook net vir 'n rukkie gaan slaap. Jy kom nou uit die hospitaal en het by die dood omgedraai. Jy is geen nut vir Amy as jy iets moet oorkom nie.

"Pa ek kan later rus en gaan dadelik deur ry Mosselbaai toe, ek sal iets langs die pad kry om te eet. Sê net vir ma ek is lief vir haar en dat sy nie moet bekommerd wees nie. Ek sal nie onnodige risiko's vat nie," hy gee vir sy pa 'n druk. En stap dan na sy voertuig toe. Hy het hom hier by die polisiestasie gelos toe hy Dwarskersbos toe is die dag. Hy vat dadelik die pad Mosselbaai toe. Hy is nie eens honger nie. Hy wil net in Mosselbaai uitkom. Hy sal nader voel aan Amy.

Hoofstuk 20

Gerrit voel hoe moeg sy liggaam is. Hy voel seer en styf toe hy in Mosselbaai kom. Hy ry dadelik na die hawe toe en parkeer voor die kantore.

"Môre," groet hy die man wat in die kantoor is.

"Môre meneer, waarmee help ek," vra hy beleef.

"Ek is speurder Gerrit van der Merwe. Ek ondersoek 'n saak van ontvoering wat gister hier plaasgevind het by die hawe," verduidelik hy vir die man.

"Ontvoering?" hy klink verbaas.

"Ja gister blykbaar deur die loop van die oggend is 'n jong dame opgetel deur 'n swart voertuig. Piet Smit van die Albatros het haar hier afgelaai. Ken jy hom?" vra hy.

"Ja ek ken vir Piet Smit. Hy laai gereeld vis af hier by ons. Maar ontvoering. Ek het nie geweet dat Piet hom ophou met sulke goed nie," sê hy vinnig.

"Het julle kameras by die hawe?" vra Gerrit

"Ons het," antwoord hy.

"Kan ek daarna kyk asseblief dalk sien ek iets," vra Gerrit.

"Mmmm... ek weet nie... het jy 'n lasbrief? Ek kan nie net sommer dit vir jou gee nie. Ek kan in die moeilikheid kom," antwoord hy versigtig.

"Dit is baie belangrik dat ek haar opspoor asseblief. Piet het haar verkoop aan die Master," Gerrit sien hoe die man agter die tafel vinnig op kyk.

"Ken jy hom. Die Master?" vra Gerrit vinnig.

" Nee, nee ek ken hom nie," Gerrit kan sien dat hierdie man skielik ongemaklik is. Hy moet hom ken.

"Wys vir my die video's en ek sal jou nie verder pla nie," Gerrit stap om die tafel.

"Nou goed. Ek soek nie moeilikheid nie." Die man skakel sy rekenaar aan en gaan na die video's toe van die vorige dag. Dit vat 'n rukkie voordat hulle dit kry. Gerrit snak skielik na sy asem. "Daar... Stop!" Keer hy vinnig. "Daar is sy,"' sy Amy. Sy lyk so weerloos. Duidelik sien hy hoe Piet haar aan die arm trek en in die motor druk. Amy probeer wegkom maar die deur slaan toe en die kar ry dadelik weg.

"Stop die video. Ek soek die motor se registrasie nommer," hy skryf die nommer neer, "ek soek 'n afskrif van die video asseblief, stuur dit na my foon toe?" beveel Gerrit. "Ek sal wag vir dit," sê hy toe hy sien dat die man huiwer om dit te doen.

"Nou goed. Maar dan moet jy gaan, my baas is nou-nou hier," die man raak haastig. 'n Rukkie later stuur Gerrit die video vir sy pa. En dan ook die registrasienommer van die motor. Hy klim in sy voertuig en sit net agter oor. Hy het 'n vreeslike hoofpyn en sy ribbes is baie seer. Hy sukkel om diep asem te haal. Dan kry hy 'n boodskap van sy pa. Die adres van die eienaar van die voertuig. Hy skakel die motor aan sit die adres in sy GPS en ry in die rigting van die woonbuurt. Dit is 'n luukse woonbuurt. Sy hart klop vinnig in sy borskas. Hy probeer dink hoe hy hierdie hele saak gaan hanteer. Hy stop voor 'n groot huis. Dit lyk amper soos 'n kasteel met 'n pragtige tuin. Dit is duidelik dat wie ook al hier bly baie wel af is, hy ry verby gaan parkeer 'n ent weg, hy gaan wag tot dit donker is en dan ondersoek in stel. Amy is dalk agter daardie mure en maak nie saak wat hy moet doen nie, hy gaan haar opspoor as sy daar is.

Dit is al baie donker toe Gerrit oor die muur klim. Hy hardloop gebukkend na die huis toe. Hy sien niemand raak nie. Daar is wel gewapende wagte by die hek gewees. En hy is seker dat daar ook op die erf sal wees. Hy sal baie versigtig moet wees. Hy maak seker dat daar niemand naby is nie en hardloop na die agterkant van die huis. Daar is 'n groot swembad en dan 'n stoep wat na skuifdeure toe gaan wat in die huis gaan. Hy buk agter 'n muur toe hy 'n wag sien. Die man loop stadig in Gerrit se rigting. Kyk rond en draai dan weer om. Heeltemal onbewus van Gerrit wat skaars 'n meter van hom agter 'n muur skuil.

Gerrit is reg vir enige iets. Maar dan hoor hy die man weg loop. Versigtig kom hy regop en hardloop dan na die glas deur toe. Skuif hom versigtig oop. Hy kyk rond vir kameras en of hy nie iemand sien nie. Dan stap hy in die huis in en maak die deur agter hom toe. Dit is 'n groot sitkamer met 'n TV wat aan is. Iewers hoor hy breek goed. Iemand is besig in die kombuis. Dan stap hy na die gang toe. Kyk by elke vertrek in, maar daar is geen teken van Amy nie. Hy stap terug na die sitkamer. Hy hoor voetstappe, iemand is op pad na die sitkamer. Hy sien 'n groot man wat baie oorgewig is met 'n bord kos na die sitkamer stap. Hy sit op die bank en lag vir iets wat op die TV gebeur. Gerrit besluit om in een van die kamers weg te kruip. Gerrit hoor 'n selfoon lui.

"Ja, wat is dit?" antwoord hy ongeduldig. Hy klink nie baie gelukkig dat die persoon hom bel nie.

"Wat sê jy? Het iemand die meisie kom soek," die man bly 'n oomblik stil.

"Maar hoekom het jy hom die video's gewys? Ek gee nie om wie dit was nie, ek besit die polisie wie dink hy is hy," die man spring op en klink baie verontwaardig. "Jy het hom reguit hierheen gestuur, jy besef dit seker," hy hoor hom sy bord neersit en dan stap hy uit die sitkamer. Gerrit moet sien waarheen hy gaan. Hierdie huis is groot en Amy kan nog hier wees. "Simpel vent," hoor Gerrit die man sê, "mens kan ook niemand meer vertrou nie," Gerrit besef dat dit seker die Master moet wees.

Dan bel hy weer iemand "Kom dadelik huis toe. Iemand soek die vroumens, ons moet haar skuif so gou as moontlik. Ek het nie verniet al daai geld betaal vir haar nie. Sy moet vanaand nog uit my huis en op die skip," sê hy ongeduldig.

Amy is hier. Gerrit se hart klop onstuimig. "Stadig nou Gerrit moenie oorhaastig wees nie," praat hy sag met homself. Die voordeur gaan oop en twee gewapende mans kom die huis in gestap. "Kom, ons moet so gou moontlik haar hier uit kry. Vat haar terug hawe toe. Die skip gaan oor 'n paar uur vertrek en sy moet daarop wees," beveel die Master die mans.

"Is reg meneer ons sal haar dadelik daarheen vat," antwoord hulle. Gerrit staan versteen teen die muur. Hy sien hoe die mans in 'n vertrek in verdwyn. Dan kom hulle met Amy uitgestap. Hy wil na haar toe hardloop in sy arms optel en met haar verdwyn die nag in, maar hy besef dat hy dit nie sal kan doen nie, nie teen daardie mans terwyl hulle gewapen is nie. Hy sal hulle moet agtervolg.

Hy hoor hoe sy smeek en pleit dat hulle haar moet laat gaan. Maar hulle steur hulle glad nie aan haar nie. Sy word net aan haar arm getrek en by die huis uit gevat. Gerrit stap saggies na die deur toe. Hy sal moet gou maak om by sy motor uit te kom. Dan is hy buite en hardloop na die muur. Hy klim vinnig oor, hy ignoreer die pyn waarin hy verkeer en klim net vinnig in sy motor. Hy is ook net betyds, want die swart voertuig kom deur die hekke gery. Gerrit ry agter hulle aan.

"Ek is hier Amy, ek is hier," daar loop skielik 'n traan oor sy wang. Hy sukkel om sy emosies onder beheer te kry. Hy besluit om vinnig sy pa te skakel. "Gerrit, hoe gaan dit daar?" vra sy pa sonder om te groet.

"Pa ek het haar gekry. Ek agtervolg nou die swart motor terug hawe toe. Dit klink of iemand die Master gebel het en gesê het ek was by die hawe, nou skuif hulle haar. Ek gaan probeer op die skip te kom waar hulle haar gaan oplaai. Maar ek het haar gekry. Sy weet nie ek is hier nie... Pa, sy lyk so weerloos."

Gerrit kan nie meer dit keer nie, hy begin huil. Chris hoor sy seun huil. Hy moet regtig omgee vir hierdie meisie. Hy moes saam met hom gegaan het.

"My seun raak kalm, jy het haar nou gesien, maak net seker dat jy heeltyd veilig is, hulle mag jou nie sien nie as hulle jou vang gaan hulle nie genade hê nie. Hierdie keer sal hulle seker maak dat jy dood is," Gerrit hoor die erns in sy pa se stem. Hy weet sy pa is reg. Hy sal moet kop hou.

"Dit is reg pa, ek sal versigtig wees. Amy se lewe hang daarvan af," dan groet hulle en lui af.

Die swart voertuig ry deur 'n hek by die hawe. Hy stop naby 'n groot skip. Gerrit parkeer sy voertuig 'n ent weg, klim uit, maak sy deur saggies toe en stap in die rigting van die skip. Daar is 'n warboel van mans wat besig is om die skip te laai. Daar is groot swaarvoertuig besig om sakke af te laai op die boot. Gerrit sien hoe hulle Amy op die skip sit en by 'n deur in verdwyn.

Hy moet op die skip kom, versigtig kyk hy om hom om te seker te maak dat niemand hom sal sien nie. Almal is besig, hulle sal dink hy is een van die werkers. Hy stap vinnig na die swaar voertuig toe en tel een van die sakke op. Hy voel dadelik dat sy liggaam nie tevrede is met wat hy doen nie, maar hy haal diep asem en stap in die rigting van die boot agter die ander mans aan wat ook sakke op hulle skouer het. Dan sit hy die sak neer en verdwyn by een van die deure in voordat iemand hom kan sien. Hy hoor stemme.

"Ek weet, ek weet, maar die Master het gesê sy moet vanaand gaan," praat iemand.

"Ons is nie reg vir so iets nie. Waar moet ek haar wegsteek?" antwoord die man kwaai.

"Maak 'n plan. Die Master het gepraat en ek gaan nie teen hom nie," antwoord 'n stem hom terug.

"Die Master moet hou by ons *deals*. Sy moes eers die naweek aan boord gekom het, ek het 'n hele besending wat die naweek aan boord kom," die kaptein klink omgekrap.

"Wel, sy is nou hier. So jy moet haar maar saam vat. Iemand wag om haar te kry in Durban. Dan van daar af sal sy nie meer jou probleem wees nie." Daar is 'n beslistheid in een van die mans se stemme.

"Baie kan gebeur van hier tot in die Durban," antwoord die kaptein vinnig, "Los haar eers in my kajuit. Ek sal haar onder toe vat sodra ons anker gelig het." Gerrit spring vinnig onder die trap in. Die mans gaan na buite en verdwyn die nag in. Die kaptein is nog in sy kajuit. Gerrit stap versigtig nader.

"So, al die opgewondenheid oor jou. Ek kan verstaan hoekom, jy is pragtig." Praat die kaptein met Amy. Sy haal vinnig asem. Gerrit kan hoor hoe sy snik.

"Toemaar, toemaar, ek sal jou nie seermaak nie. Ek wil net sien waaroor almal so aangaan. En hoekom iemand so baie vir jou sal betaal,"

Gerrit loop saggies die vertrek in. Amy se oë is toe, sy voel net die man se hand teen haar wang af beweeg teen haar ken en dan teen haar nek af en dan wag sy vir die ergste, maar skielik hoor sy iemand hard kreun en dan op die vloer beland. Sy hou haar oë nog toe. Sy huil net harder.

"Asseblief los my... Asseblief..." Is al wat sy kan uit kry. Sy voel hoe iemand se arms om haar gaan sy begin stoei om die persoon weg van haar af te kry.

"Amy... Amy... . ek is hier..." Is al wat sy hoor. Wie is dit wonder sy skielik. Sy maak haar oë oop. Dan sien sy oor die man se skouer die kaptein op die vloer lê.

"Amy... Ek het jou," hoor sy weer maar hierdie keer erken sy die stem.

"Gerrit..." sy trek haar asem in, "Gerrit... " Dan kyk hy na haar en sit sy hande teen haar wange.

"Ek is hier, my liefste Amy..." antwoord hy haar sag.

"Gerrit...!" Dan gryp sy hom vas en huil teen sy bors.

"Ek het gedink dat niemand weet waar ek is nie," snik sy die woorde uit, "jy het my kom soek," sy klou aan hom vas.

"Ek sal jou kry, maak nie saak waar jy is nie," hy gee haar 'n soen, "maar Amy, nou moet ons van hierdie skip af kom, kan jy loop?" vra hy besorgd.

"Ek kan hardloop as dit moet," sy voel skielik baie dapper. Gerrit is hier, hy sal haar beskerm. Hulle kyk albei gelyk na die kaptein wat op die grond lê, hy begin wakker word.

"Kom ons sal moet gou maak," hulle loop uit die kajuit, Gerrit maak die deur agter hulle toe, hulle loop tot by 'n trap wat lei na 'n deur wat na buite gaan. Versigtig klim hulle op die trappe en gaan na buite.

Hulle hoor die kaptein roep om hulp. Hulle sal nou moet gou maak, vinnig klim hulle van die boot af en dan hardloop hulle na Gerrit se motor.

"Keer hulle," skree die kaptein. Vanaand is ek dood as ek daai vroumens laat wegkom. "Maak gou, hulle gaan weg kom!," skree hy weer. 'n Klompie mans hardloop agter hulle aan. Gerrit maak die deur vir Amy oop.

"Skuif oor, vinnig, ons moet hier weg kom," Amy klim vinnig in. Niemand hoef haar twee keer te nooi nie. Sy wil net hier wegkom. Sekondes later skakel Gerrit sy motor aan. Die bande skree soos hy weg trek. Hy jaag op 'n hoë spoed by die hek uit. Hy besluit om dadelik Kaap toe te ry. Hy gaan nie langer in Mosselbaai bly nie. Hy moet hier weg kom so gou as moontlik. Hy kyk elke paar minute in sy tru-spieëltjie, maar hy kan nie sien dat iemand hulle agtervolg nie. Vir nou lyk dit vir hom asof hulle veilig is.

Hoofstuk 21

Dit is vir 'n hele ruk stil in die motor. Gerrit bel sy pa.

"Pa dit is Gerrit. Ek het Amy gekry. Ons is op pad Kaap toe." Gerrit hoor die verligte sug aan die ander kant van die foon.

"Ons is so verlig my seun. Jou ma sê ook dat sy bly is julle is veilig," antwoord sy pa hom. "Gerrit ek het baie daaroor gedink. As die Master agterkom dat Amy weg is, gaan hy haar begin soek. Jy kan vir niemand sê dat jy haar gekry het nie. Ons weet nie wie ons kan vertrou nie," sê sy pa.

"Ek stem saam. Wat stel pa voor moet ek doen?" vra Gerrit.

"Ek dink die beste is dat jy iewers gaan wegkruip vir eers. Ek wil nie weet waar nie. Dit is veiliger so. Bel my oor so 'n week, dan sal ek vir jou sê hoe die saak vorder en of dit veilig is om terug te kom. Het jy kontant by jou?" vra sy pa.

"Ek het, maar nie veel nie," antwoord Gerrit.

"Dit is beter as jy glad nie jou bankkaart gebruik nie. En jy moet ook vir jou 'n ander foon kry. Ons moet baie versigtig wees hoe ons hierdie saak verder hanteer. Julle veiligheid is al wat belangrik is." Sy pa klink baie ernstig. Gerrit weet dat sy pa die waarheid praat. Hierdie mense is gewetenloos. Amy is baie werd vir hulle.

"Goed pa ek sal pa oor 'n week kontak. Ek het my horlosie wat ek dalk iewers kan verkoop. Hy is nogal baie werd," sê hy.

"Goed, dan praat ons oor 'n week van nou. Ek sal wag tot jy my kontak. Veilig wees my kind,"

"Dit is reg pa ons sal wees, totsiens, stuur liefde vir ma," dan sit hy die foon af maak sy venster oop en gooi die foon by die venster uit.

"En nou, hoekom doen jy dit?" vra Amy.

"Eerder veilig wees, hulle kan ons dalk opspoor deur middel van die selfoon torings," verduidelik Gerrit.

Amy sit agter oor.

"Waarheen gaan ons?" vra sy versigtig.

"Om die waarheid te sê, ek is nie heeltemal seker nie. My pa het gesê ons moet vir so 'n week iewers gaan weg-kruip. Hy wil eers kyk wat gebeur en of dit veilig is vir ons om terug Kaap toe te gaan," antwoord hy. Dan besef hy dat Amy seker gaan begin wonder oor wie hy is. En hoe hy geweet het waar om haar te kry.

"Amy daar is iets wat jy moet weet." Hy voel skielik benoud, wat gaan haar reaksie wees, "Ek het nie regtig vir Piet Smit gewerk nie," sê hy.

Amy is eers stil. "Ek het gewonder oor dit. Piet is 'n haatlike man, ek kon nie verstaan hoe jy vir hom kon werk nie," antwoord Amy.

"Jy het my pa ontmoet?" vra hy versigtig.

"Ja ek het. Jy het 'n wonderlike pa Gerrit," glimlag Amy.

"Ek het. Amy, hy is die Polisie Kaptein in die Kaap. Ek werk saam met hom. Ek is 'n speurder," Gerrit wag om haar reaksie te hoor.

"'n Speurder, ek verstaan nie. Hoekom het jy dan gesê dat jy 'n visserman is?" Amy kyk vraend na Gerrit.

"Ek het gewerk as 'n geheime agent en het vir Piet Smit ondersoek. Hy is betrokke by 'n steelvisketting en dwelmhandel," hy vertel haar die waarheid oor alles wat gebeur het. Sy sit langs hom en laat hom toe om haar alles te vertel. Hy bly stil nadat hy haar alles vertel het. Gee haar 'n oomblik om dit in te neem.

"Hoekom het jy betrokke geraak by my? Ek het gedink dat jy dalk lief geraak het vir my, was alles wat ons ervaar het 'n leuen?" vra sy sag. Hy kan die teleurstelling in haar stem hoor.

"Amy. Alles wat ek met jou gedeel het was die waarheid my gevoel vir jou is eg en ek is regtig lief vir jou, 'n gevoel wat ek nooit gedink het ek vir enige vrou sal hê nie. Ek was van my kop af toe my pa my vertel dat jy ontvoer is. Ek het teen die dokter se bevele uit die hospitaal gestap om jou te gaan soek. Ek kon net nie toelaat dat enige iemand jou leed aan doen nie. Jy is vir my belangriker as my eie lewe," Gerrit wens hy kon aftrek en haar in sy arms neem. Maar hulle is in die middel van nêrens. Hy het net 'n rigting in gery. Hy weet nie eens waar hulle gaan op eindig nie. Solank dit net ver weg is van die mense wat haar wil seer maak. Hy moet haar beskerm.

"Ek is ook lief vir jou Gerrit" antwoord Amy sag, "toe ek jou nie kon opspoor nie, het dit vir my gevoel of ek gaan mal word," dit voel of die spanning van die afgelope paar dae te veel vir Amy is. Sy begin huil. Sy druk haar hand oor haar mond en probeer die snikke te keer maar sy kan nie. Gerrit vat sy arm en sit dit om haar en trek haar nader aan hom en ry verder in stilte met Amy wat teen sy bors al haar emosies uitstort. Hy los haar toe sy stil raak. Sy het haar arm om sy lyf gesit en hou hom vas. Gerrit ry in 'n dorpie in toe dit begin lig raak, hy trek by 'n motorhawe in. Parkeer die motor en sit dan agteroor. Amy skuif nog nader aan hom dan raak hy aan die slaap met Amy in sy arms. Hy is moeg en sy liggaam is seer. Hy weet nog nie waarheen hulle gaan nie, maar vir nou is hy tevrede. Die vrou vir wie hy lief is is in sy arms en sy is veilig. Hy is tevrede.

Hoofstuk 22

Amy word wakker. Sy lê nog steeds met haar kop teen Gerrit se bors. Sy lig haar kop om te sien waar hulle is. Sy sien dat hulle by 'n motorhawe staan. Sy skuif versigtig onder Gerrit se arm uit. Sy maak die deur saggies oop en klim uit. Sy moet bietjie haar bene strek. Sy sug behaaglik en neem die vars lug in. Sy is so dankbaar dat sy vars lug kan inasem. Sy het nie gedink dat sy ooit weer vrylik gaan kan asemhaal nie. Hierdie afgelope paar dae was vol vrees en sy was heeltyd gespanne. Sy is amper te bang om te veel te ontspan. Sy weet dat hulle nog nie heeltemal buite gevaar is nie, maar sy gaan nie toelaat dat vrees haar oorweldig nie. Sy is by Gerrit en dit is al wat vir haar belangrik is.

"Môre," praat Gerrit skielik langs haar.

"Môre, slaapkous," terg sy vir Gerrit en glimlag op na hom.

"Ek het omtrent geslaap. Ek kan nie glo ek was so moeg nie. Ek is nie eers heeltemal seker waar ons is nie. Ek het net gery." Hy kyk om hom. "Kom ons gaan kry koffie."

"Mmmm... koffie. Dit sal heerlik wees," Amy sit haar hand in Gerrit se hand en so stap hulle na die winkel toe. Vir 'n oomblik dink hulle net aan hulle self. Hulle gaan sit by 'n tafeltjie in 'n hoek van die koffiewinkel. Gerrit bestel vir hulle sommer ontbyt ook. Hy is rasend van die honger. Dit voel asof hy dae laas geëet het. Hulle geniet 'n gesellige paar uur in die koffiewinkel.

"Goed, nou moet ons weer terugkeer na die werklikheid. Ons moet besluit waar ons vir 'n week gaan wegkruip en ek moet by 'n winkel uitkom wat juwele koop ons kort 'n paar rand en ons kan glad nie ons bankkaarte gebruik nie," praat Gerrit ernstig met haar. "Ons moet baie versigtig wees. Ek weet nie waar die Master oral besighede of kontakte het nie. Ons moet altyd bedag wees oor waar ons is en met wie ons praat en watter inligting ons deel met vreemdelinge." Gerrit wil haar nie bang maak nie maar sy moet weet dat hulle nog in gevaar verkeerd.

"Ek verstaan, ons moet versigtig wees," Amy vat Gerrit se hand. " Gerrit, ek gee nie om waar ons is en of ons ooit weer iemand sien nie, solank ons net bymekaar is dan is ek tevrede," antwoord sy.

"Ek is ook tevrede hier by jou. Ek dink ons moet 'n plek soek wat strandhuisies uitverhuur, ek het 'n koerant gesien in 'n houer by die voordeur, ek gaan dit gou haal sodat ons kan kyk ons of daar iets beskikbaar is." Gerrit is vinnig terug. "Die dame by die toonbank het my verduidelik waar 'n juwelewinkel is. Ek is seker ons sal 'n paar rand kry vir my horlosie. Hy is nogal baie werd. Sy het ook gesê dat ons die foon kan gebruik as ons wil skakel," Gerrit maak die koerant oop en begin soek na 'n plek wat huisies uit verhuur. Dan stap hy na die toonbank en skakel die agent om vir hulle plek te bespreek. "Goed, dit is uitgesorteer, ons het 'n blyplek vir die volgende week," hy glimlag vir haar.

"Ek kan nie wag om net 'n bietjie rus en vrede te hê weg van almal af nie." Amy klink amper weer haar self.

"Ons sal moet klere kry. Ek het niks gepak toe ek uit die Kaap is nie en jou klere is seker nog in Dwarskersbos."

"Ja jinne ek het amper vergeet daarvan. Die eienaar dink seker ek is 'n vreeslike huurder. Die plek was baie deurmekaar," Amy voel eintlik sleg. Die arme mense. Hulle moet beslis baie vies wees vir haar.

"Toemaar, ons sal alles verduidelik sodra ons terug is. Ek is seker dat hulle sal verstaan," stel Gerrit haar gerus.

Amy sit gemaklik agteroor in die sitplek van die motor. Sy voel vir die eerste keer in dae weer veilig en ontspanne. Gerrit stop voor die juweliersWinkel en stap vinnig in, na 'n ruk kom hy uitgestap. Hy ry na 'n kruidenierswinkel en hul kry alles wat hulle nodig het vir die week, hy wil nie rond ry nie. Gerrit het 'n huis gekry op die verste punt van die oord. Die huis is weggesteek tussen 'n klomp bome. Die stoep loop direk op die strand uit. Dit is 'n pragtige plek.

"Gerrit hierdie plek is pragtig," Amy kyk in die kamers in. Dit is 'n twee slaap kamer huis met een badkamer 'n sitkamer en kombuis. Dit is gerieflik ingerig.

Gerrit pak die kruideniersware uit en bêre alles.

"Kom ons gaan stap bietjie op die strand," Stel hy voor. Hy het vars lug nodig na al die ure agter die stuurwiel.

"Dit sal lekker wees. Amy trek haar skoene uit en stap saam met hom na die stoep." Dit is wonderlik om so saam met hom te wees.

"Gerrit?"

"Ja Amy," hy kyk af na haar.

" Dit voel wonderlik om so bietjie alleen saam met jou te wees. Ek weet die gevaar is nog nie oor nie, maar ek is so bly dat dit jy is saam met wie ek hier is," sy glimlag skaam vir hom.

Gerrit sit sy arm om haar.

"Ek verstaan. Dit is vir my ook lekker om net so bietjie weg te wees van alles af. Hierdie afgelope paar dae was baie spanningsvol. Ek kan amper nie glo dat ons daar deur is nie," hy trek haar nader aan hom. Amy sit haar arm om sy se lyf en hulle geniet net mekaar se teenwoordigheid. Dankbaar dat hulle nog die kans het om so bymekaar te kan wees.

Hoofstuk 23

Die week snel verby. Amy en Gerrit geniet hulle tyd saam. Maar hulle weet ook dat hulle nie vir altyd so kan aangaan nie. Hulle moet terug keer na hulle lewens toe. Gerrit voel nog bekommerd maar hopelik het sy pa goeie nuus vir hulle. Hy het 'n foon gekoop saam met die kruideniers ware en hy besluit dit is tyd om sy pa te skakel.

"Môre Pa, dit is Gerrit," groet hy.

"Gerrit. Dankie tog," sug sy pa verlig, "hoe gaan dit met jou en Amy, is julle veilig?" vra hy bekommerd.

"Ons is pa, hoe gaan dit daar? Kon julle iets uitgerig kry, is die Master gevang?" vra Gerrit angstig.

"Ons kry hom nêrens. Daar was 'n klopjag op sy huis, maar die plek is leeg. Ek dink hy is land uit. Of hy kruip iewers baie vêr weg. En die kaptein van die skip waarop hulle Amy wou wegvat, is in aanhouding. Hy is so bang vir die tronk hy sing soos 'n kanarie hy het ons alles vertel wat ons wou weet van die mensehandel sindikaat. Die hele spul is in aanhouding, deur sy getuienis gaan hulle 'n hele paar jaar sit," verduidelik sy pa. Hy is vir 'n oomblik stil, hy kan aanvoel dat daar meer is wat sy pa hom wil vertel. "Daar is wel iets wat jy moet weet, wat my bietjie bekommerd maak," sy pa klink skielik bekommerd.

"Wat is dit pa?" vra hy skielik op sy hoede.

"Piet Smit het ontsnap," hoor hy sy pa sê.

"Ontsnap!" Gerrit is stil vir 'n oomblik.

"Hoe het daai vuilgoed ontsnap?" vra hy ongeduldig.

"Niemand weet presies nie, maar volgens die kameras in die selle het hy een van die wagte oorrompel en sy klere aangetrek. Hy is 'n slim man Gerrit maar ek dink hy is lankal uit die Kaap. Hy sal dom wees om hier te bly. Die hele polisiemag is op soek na hom," probeer Chris vir Gerrit gerusstel.

"Ek hoop regtig so. Amy het nie daardie spanning nodig nie, dink pa dit is veilig om terug te kom?" vra hy.

"Ek dink so jy moet terugkom werk toe en ons help soek na Piet Smit jy ken hom eintlik die beste," sê Chris.

"Goed ek sal vir Amy sê. Ons het nog die plek vir een aand. Ons sal môreoggend in die pad val en terugkom huis toe," Hy groet sy pa en lui af.

Amy voel teleurgesteld dat hul tydjie saam tot 'n einde gekom het. Dit was wonderlik om tyd saam met Gerrit te spandeer, sonder enige spanning of mense om hulle. Net hulle twee.

"Gerrit, wat gaan nou gebeur wanneer ons terug is in die Kaap?" vra Amy hom die aand toe hulle om die braaivleisvuur sit.

"Ons gaan aan met ons lewe. Ek as speurder en jy as juffrou en hopelik nooi jy my vir 'n koppie koffie en kan ek jou op ons eerste amptelike ete afspraak vat," terg Gerrit. "Hoekom vra jy?" Gerrit gaan sit by haar.

"Ek weet nie. Ons twee se paaie het op so vreemde manier gekruis dat ek dalk bang is dat dit nie dieselfde sal wees as ons terug is in die Kaap nie," Sy kyk ernstig na hom.

"Wat gaan verander. My liefste Amy. Al wat gaan verander is dat ek vir 'n slag in my eie bed gaan slaap, en soos 'n ordentlike man na die liefde van sy lewe ry en haar uitvat vir ete en dalk 'n film," Hy skuif nader aan haar.

"Ek wil baie graag kyk wat die toekoms vir ons twee saam inhou. Ek gaan nie net verdwyn nie," stel hy Amy gerus.

Amy glimlag, sit haar arms om sy groot lyf en druk haar kop teen sy skouer. Sy sug gelukkig. Dit is al wat sy wou hoor. "Dit is wat ek ook wil hê," antwoord sy.

"Nou goed dan. Dan kan ek seker amptelik vra of jy my meisie sal wees," hy kyk af na haar. Hy lyk soos 'n tiener-seun.

"Jy kan," antwoord sy skaam vir Gerrit. "Ons klink nes tieners," sy bloos selfbewus. Dan lag hulle saam.

"En ja ek sal jou meisie wees."

"My ma gaan baie trots wees op my," Gerrit is skielik opgewonde om Amy aan sy ma voor te stel.

"Hoekom sê jy so?" Amy klink verward.

"Sy vra nou al hoe lank wanneer gaan ek my meisie aan haar voorstel," Gerrit is gelukkig. "Nou kan ek dit uiteindelik doen." Gerrit staan op, vat haar hand en trek haar ook op sodat sy teen hom kan staan.

"Ek kan nie wag om haar te ontmoet nie," antwoord sy. Ook nou opgewonde vir die vooruitsig.

"Nou goed, dan dink ek is dit tyd om in die bed te kom, ons moet môreoggend vroeg ry," Gerrit begin opruim. Gerrit voel skielik skuldig omdat hy nog nie vir Amy gesê het van Piet Smit wat ontsnap het nie. Hy wil haar net nog een aand gee om te ontspan.

Gerrit draai op sy rug. Hy hoop vir Piet se part dat hy uit die Kaap is. As hy dit waag om naby Amy te kom sal dit sy laaste dag op aarde wees. Hy raak onrustig aan die slaap.

Hoofstuk 24

"Hoekom het jy my nie al gisteraand gesê nie Gerrit?" Amy is dadelik omgekrap met Gerrit die volgende oggend toe hy vir haar vertel van Piet wat ontsnap het.

"Ek is jammer, ek wou jou net nog een aand gee van rustigheid," probeer hy verduidelik.

"Ek verstaan, maar ek wil sulke goed weet. Piet Smit is 'n aaklige man, hy kan nie wegkom nie en wat as hy na my kom soek?"

"Hy sal baie dom wees om na jou te soek. My pa het my verseker dat almal hom soek en ek is baie seker dat hy al lankal uit die Kaap is," probeer haar gerusstel.

"Maar wat as hy nie weg is nie. Wat as hy my kom soek by my huis of by die skool?" vra sy.

"Moenie toelaat dat hy jou in vrees laat lewe nie. Soos ek sê hy sal dom wees om nog in die Kaap te wees. In elk geval sal ons 'n polisie voertuig by jou huis sit. Ek sal nie toelaat dat hy naby jou kom nie."

"Jy kan nie heeldag by my wees nie," Sy het net begin ontspan, en nou moet sy weer van vooraf op haar hoede wees.

"Ons gaan hom weer opspoor, hy kan nie vir ewig wegkruip nie. Iewers gaan ek hom kry al is dit die laaste ding wat ek doen," Gerrit is baie ernstig toe hy dit sê. In 'n mate stel dit haar meer gerus. Die wete

141

dat Gerrit daar gaan wees om haar te beskerm. Amy raak stil en staar by die venster uit. Gerrit is reg. Sy kan nie toelaat dat Piet Smit haar lewe oor neem nie. Sy gaan nie die vrees toe laat wat haar op hierdie oomblik wil oorweldig nie.

Dit is laatmiddag toe hulle by Gerrit se ouers se hek in ry. Dit is 'n pragtige gewelhuis en 'n nog mooier tuin. "Dit is pragtig Gerrit.".

"My ma se trots. Sy spandeer ure hier buite," antwoord hy trots. Hulle stop skaars die motor of die voordeur gaan oop. Twee bejaarde mense kom uitgestap. Chris wat Amy nou al ontmoet het en dan 'n gryskop dame. Sy straal vriendelikheid uit. Sy ignoreer Gerrit en stap dadelik na Amy toe.

"Ai kind," sê sy toe sy haar arms om Amy sit, druk haar teen haar bors vas. Vir 'n oomblik is Amy onkant gevang maar dan voel sy die warmte wat uit haar omhelsing straal en staan sy vir 'n oomblik en geniet dit net om deur iemand opreg vas gehou te word. Hier sal sy troos kan vind. Dan los sy haar en kyk na haar.

"Gerrit, sy is pragtig," 'n paar blou oë kyk sag na haar.

"Hallo mevrou," groet sy.

"Gmf... wat se ge mevrou is dit met jou. Sê sommer net tannie Katrien," antwoord sy.

"Goed, tannie Katrien," antwoord sy skaam.

"Verskoon my ma. Ek is ook hier," praat Gerrit skielik agter Katrien.

"Ag my seun jammer, kom hier na jou ma toe, ek was so bekommerd oor julle." Sy draai om en gee vir Gerrit 'n druk.

"Naand Amy," groet Chris haar.

"Naand oom..." antwoord Amy versigtig, sy is nie heeltemal seker hoe om Gerrit se pa aan te spreek nie, maar hy lyk tevrede met oom.

"Kom dat ons ingaan ek is seker julle is rasend van die honger," nooi Katrien hulle in die huis in. Amy voel so tuis by hierdie mense en hulle verkeer gesellig saam gedurende ete. Niemand praat oor die afgelope tyd se gebeure nie. Hulle is net bly dat hulle nog bymekaar kan wees.

Na ete gaan sit Gerrit en sy pa op die stoep en Amy help vir Katrien opruim.

"Amy, ek moet vra. Hoe voel jy na alles wat jy deur gegaan het, as jy onseker voel om alleen in jou huis te bly is jy welkom om hier by ons te kom bly vir tyd en wyl," nooi Katrien haar.

"Dankie Tannie. Maar ek dink hoe vinniger ek terug- kom by my huis en met my lewe aangaan, hoe beter. Ek kan nie toelaat die ervaring my lewe oorneem nie. Ek gaan nie in vrees lewe nie," antwoord sy.

"Dan is dit goed. Jy is regtig 'n baie sterk vrou. Ek weet nie of ek so iets sou kon doen nie," Katrien glimlag bemoedigend vir haar.

"Asseblief, moenie 'n vreemdeling wees nie. Enige vrou wat my seun so laat glimlag, is baie welkom in my huis," terg Katrien, sy lag toe Amy begin bloos.

"Tannie daai seun van tannie is ongelooflik. Toe ek hom in die kajuit van daai skip sien en die Kaptein op die grond sien lê was ek so verlig. Al wat ek kan onthou is dat hy my vasgehou het en gesê het dat hy daar is dat ek veilig is. Nog nooit in my lewe was ek so bang nie. Ek weet nie waar ek sou wees as dit nie vir hom was nie. Hy is 'n wonderlike man," Katrien sien die liefde waarmee Amy praat van haar seun. Haar moederhart is verheug dat haar seun hierdie vroutjie ontmoet het.

Gerrit en Amy groet. Dit is tyd vir Amy om huis toe te gaan. Sy weet nog nie hoe sy in haar huis gaan kom nie. Al haar goed is nog in Dwarskersbos.

"O jitte Gerrit, ek besef nou eers dat my motor nog in die motorhuis van die vakansiehuis staan," sy het heeltemal vergeet daarvan.

"Ons het nie eens aan dit gedink nie," hy dink vir 'n oomblik, "ek sal jou môreoggend kom haal dan vat jy my werk toe, jy is welkom om my motor te gebruik ek kan altyd een van die polisie motors gebruik," stel hy voor.

"Goed, dankie ek sal môre die eienaar skakel en verduidelik wat gebeur het. Dink jy ek gaan die breek-deposito terug kry?" Amy kyk vir Gerrit en dan begin hulle lag.

"Jong ek twyfel baie sterk dat jy dit gaan terugkry," antwoord Gerrit laggend.

Met Gerrit se hulp kom sy darem in haar huis. Dit voel vir haar of sy jare laas in haar huis was. Gerrit loop saam met haar deur die huis en maak seker dat alles veilig is en dan groet hy. Hy self is moeg en wil in die bed kom.

Amy voel skielik alleen. Sy het so gewoond geraak aan Gerrit, haar huis is leeg sonder hom. Sy sug en stap na haar kamer toe. Dit was 'n lang dag gewees en sy is baie moeg. Sy slaap verbasend goed daardie aand, seker omdat dit in haar eie bed is. Sy is nie seker hoe laat Gerrit haar gaan kom haal nie en besluit om op te staan en vinnig te gaan stort voordat hy opdaag. Dit is lekker om weer by haar huis te wees. Vanoggend lyk alles meer bekend. Dit is 'n heerlike someroggend en sy maak die huis se gordyne en vensters oop. Sy moet by die skool uitkom en met die hoof gaan gesels. Sy verlang na die kindergesiggies en is opgewonde om weer te begin skool hou. In haar sitkamer maak sy die deure oop. Sy soek vars lug in haar huis, dan stap sy en maak vir haar 'n beker koffie.

"Koffie sal lekker wees dankie Blondie," hoor Amy iemand agter haar praat.

Amy se hele liggaam verstyf skielik. Sy sal nooit Piet Smit se stem vergeet nie. Sy draai stadig om. Die beker val uit haar hande uit en beland op die grond in stukke.

"Piet…" is al wat sy uit kry.

"Blondie, kom nou, hoekom is jy so verbaas om my te sien, jy behoort te weet dat ek jou altyd sal opspoor," vra Piet tergend

"Wat soek jy hier?" vra Amy sag, "hoe weet jy waar ek bly," is al wat sy kan uit kry.

"I have my way's… Die Kaap is nie so groot as wat jy dink nie," antwoord Piet "Ek het jou gemis Blondie," Piet stap stadig nader aan Amy. "Moenie bang wees nie Blondie, ek kom in peace." Piet kom tot stilstand voor haar.

"Hoekom is jy hier?"

Sy kan voel hoe vrees haar wil oorweldig, maar dan besluit sy om haar man te staan. Hierdie man gaan haar nie weer vul met vrees nie. Sy staan meer regop en kyk na Piet.

"Nou goed, nou goed," Piet draai om en stap na die deur toe, "ek soek nie moeilikheid nie Blondie. Ek soek net die geld wat ek verloor het. Die Master het my baie betaal vir jou maar daai tweegesig Gerrit van der Merwe het gesorg dat ek alles verloor. Ek soek dit terug!" sê hy dreigend vir haar.

"Nou wat het ek daarmee te doen? Jy het my teen my wil gevat, my in 'n motor se kattebak gesit, op jou skuit gelaai, en verkoop aan 'n mensehandelaar," Amy se stem raak al hoe harder. "Het jy gedink dat Gerrit my net gaan los, ek is bly jy het jou geld verloor, jy is 'n skurk. Jy moet in die tronk sit vir wat jy aan my gedoen het."

"Luister nou baie mooi Blondie, ek gee nie om wat jy dink nie. Ek soek my geld terug," Sy hoor die erns in sy stem.

"Nie ek of Gerrit het geld nie, jy kom soek dit verniet by ons," antwoord Amy.

"Ek gee nie om nie Blondie. Jy sê vir daai vent dat ek dit terug soek, anders gaan my volgende besoek nie so vriendelik wees nie. Ek gee julle 'n week, ek sal jou weer *visit*, jy beter dit hê," dreig Piet en draai om en verdwyn by die huis uit. Amy voel skielik hoe haar liggaam begin ruk. Sy stap dadelik na die voordeur toe en sluit dit. Sy is nie eens by haar eie huis veilig nie. Nie lank nie en Gerrit stop voor haar huis. Amy maak die deur vir hom oop. Gerrit sien dadelik dat sy ontsteld is.

"Wat het gebeur?" Hy stap na haar toe en neem haar in sy arms.

"Piet Smit was hier," is al wat sy sê. Sy voel hoe Gerrit verstyf.

"Wat!" Gerrit kyk na haar. "Wanneer was hy hier?"

"So rukkie terug. Ek was besig om vir my koffie te maak toe hy skielik in my kombuis staan," antwoord sy hom.

"Het hy jou seergemaak? Ek sal hom vermoor as hy aan jou geraak het," Gerrit sukkel om sy emosies onder beheer te kry.

"Nee hy het my nie seergemaak nie maar hy het my wel gedreig," sê sy. "Hy soek die geld terug wat die Master hom gegee het as betaling vir my." Sy wag vir Gerrit se reaksie.

"En hy dink dat hy dit sommer net so gaan terugkry. Hy is van sy kop af as hy dink dat hy dit gaan terug kry," antwoord Gerrit.

"Hy het gesê dat hy ons 'n week gee om dit te kry of die volgende keer wat hy my sien gaan hy nie so vriendelik wees nie. Gerrit ek is bang vir hom. Ek het probeer om nie te wees nie maar ek kan nie help nie hy maak my bang," sy gaan sit op die sitkamer bank. Sy het nie gedink dat sy ooit weer vir Piet gaan sien nie. Hy kom sit langs haar.

"Amy, tenminste weet ons hy is in die Kaap. Ons sal hom opspoor. Hy weet dit net nie maar hy gaan nie meer vir lank op vrye voet wees nie."

Gerrit sit sy arm beskermend om haar en hou haar vas totdat hy voel dat sy begin ontspan. "Ek dink ons moet ry en my pa vertel wat gebeur het," stel hy voor.

"Goed kom ons gaan laat ek net gou die eienaar van die vakansie huis skakel en verduidelik wat gebeur het en dan moet ek een of ander tyd teruggaan Dwarskersbos toe om my motor te kry." Amy staan op en gaan haal haar foon in die kombuis.

"Sê vir hom ons sal die naweek gaan opruim en ons goed gaan kry." Hy hoor hoe Amy verduidelik wat gebeur het en sy vra om verskoning dat sy nog nie die plek kon opruim nie. Dan maak sy reëlings om die naweek terug te gaan. Amy groet en sit die foon neer.

"Hy verstaan darem, en ons kan die naweek teruggaan en al my goed kry."

Sy tel haar handsak op.

"Ons kan maar gaan." Amy stap voor hom uit na die voordeur en sy sluit agter hulle en dan ry hulle polisiestasie toe. Die kaptein is baie ontsteld toe hy hoor dat Piet by Amy was vroeër die oggend. Hy is glad nie gelukkig dat Amy alleen by haar huis bly nie.

Gerrit stap saam met haar na sy motor. Sy wil by die skool uitkom sodat sy weer beheer oor haar lewe kan vat.

"Sien ek jou vanaand?" vra sy vir hom.

"Ek sal kos maak," sy glimlag vir Gerrit.

"Hoe kan ek nee sê vir so 'n vriendelike uitnodiging," hy gee haar 'n soen en maak die motor se deur agter haar toe. Hy staan en kyk die motor agterna, dan is sy weg. Hy draai om en stap terug na sy pa se kantoor toe.

"Kaptein. Ek moet met Jan gesels." Sê Gerrit.

"Hy is dalk die enigste een wat weet waar Piet kan wegkruip." Dit is al waaraan hy nou kan dink.

"Maar waar gaan jy hom soek. Dink jy hy kan nog hier in die Kaap wees?" vra sy pa onseker.

"Ek weet nie. Ons gaan die naweek Dwarskersbos toe dan sal ek bietjie rond vra. Ons moet Amy se motor en ons klere gaan haal."

"As ek hom nie hier by die hawe opspoor nie, sal ek hom dalk daar opspoor maar ek gaan vir ingeval 'n draai by die hawe maak. Dalk is ons gelukkig en is hy nog hier."

Gerrit soek die hele oggend na Jan, maar niemand weet waar hy is nie. Hy sal maar moet wag tot die naweek, hy is seker terug Dwarskerbos toe. Hy besluit om na Amy se woonbuurt toe te ry en gaan kyk of iemand dalk 'n vreemde man vanoggend gesien het. Hy stap van een huis na 'n ander, maar niemand het 'n vreemde man gesien nie. Hy sien ook glad nie 'n kamera iewers nie. Hy ry moedeloos terug kantoor toe. Hy begin regtig moeg raak vir Piet Smit.

Hoofstuk 25

"Van der Merwe!" hoor Gerrit sy pa na hom roep. Hy staan dadelik op en stap na sy kantoor.

"Gerrit, die marine-inspekteur het my nou net geskakel. Iemand het op 'n lyk afgekom by die hawe. Jy moet gaan kyk wat aan die gang is," kry hy die opdrag.

"Maar ek is besig om na Piet Smit te soek," sê hy vir sy pa.

"Ek weet, maar jy gaan hom nie nou opspoor nie en ek het iemand nodig om hawe toe te gaan om te kyk wat daar aangaan. Dit sal jou dalk goed doen om iets anders te doen vir 'n dag of twee," antwoord sy pa.

"Nou goed, ek sal gaan kyk wat daar aangaan." Hy is glad nie gelukkig met die opdrag wat hy gekry het nie, maar hy ry tog dadelik hawe toe.

"Gerrit goeiemiddag," groet die inspekteur hom, "ek is regtig bly om jou te sien."

"Middag Inspekteur. Dit is goed om u ook te sien," groet Gerrit vriendelik. Dit was amper verby met my maar ek het dit oorleef, ek is hier oor die lyk wat julle gekry het. Weet julle wie die persoon is?" vra Gerrit. Hy stap saam met Kobus tot by die plek waar die persoon onder 'n swart seil lê.

"Nee ons weet nie wie dit is nie. Hy is blykbaar 'n visserman maar ons het nie sy identiteit nie," antwoord Kobus en kniel langs die lyk, hy lig die seil op.

Gerrit is vir 'n oomblik stil. Hy staar geskok na die persoon wat onder die seil lê.

"Ek weet wie dit is Inspekteur."

Deksels!" Hy draai om en stap weg. Hy voel skielik siek.

"Wie is dit Gerrit?" Vra Kobus nuuskierig.

"Dit is een van die vissermanne wat saam my op die Albatros gewerk het. Sy naam was Jan. Ek het heel oggend na hom gesoek, hy kon dalk help om Piet Smit op te spoor," antwoord Gerrit die inspekteur.

"Dit kon net Piet se werk gewees het hierdie. Jan het my vertel van Amy wat op die Albatros was. Piet het dit seker uitgevind en besluit om Jan stil te maak. Vir goed stil te maak." Hulle moet so gou as moontlik Piet opspoor. Amy is glad nie veilig alleen by haar huis nie. Sy gaan dalk maar vir eers by sy ouers moet gaan bly totdat hulle hom opgespoor het. Maar daardie aand weier Amy om te gaan.

"Gerrit, ek is moeg om weg te hardloop en in vrees te lewe. Ek sal seker maak alles is gesluit, hy gaan my nie uit my eie huis jaag nie. Jy kan 'n polisie voertuig voor die deur sit. Ek bly net hier," daar is 'n finaliteit in haar stem.

"Ek verstaan Amy maar ek voel nie gerus nie," hy sit sy arms om haar.

"Ek dink ek gaan op jou bank slaap van nou af totdat Piet gevang het," sê hy beslis.

Amy glimlag.

"Jy is baie welkom om hier te slaap. Maar jy hoef nie op die bank te slaap nie hier is 'n spaarkamer," nooi sy vir hom.

"Nou goed dan is dit besluit ek gaan hier slaap van nou af," Gerrit begin skielik lag, "O... nou verstaan ek dit was heeltyd jou plan gewees," sê hy laggend.

"Waarvan praat jy tog?" maar sy glimlag tog en Gerrit sien 'n glinstering in haar oë.

"Jy is pragtig," hy sak sy kop en soen haar. Amy vou haar hand om sy lyf en hou hom vir 'n oomblik vas. Dit voel of sy van alles kan vergeet hier in Gerrit se arms.

"Kom dat ek vir ons koffie maak," Gerrit sit die ketel aan en haal die bekers uit die kas uit.

"Dankie dit sal lekker wees. Ek was by die hoof vandag. Hy het gesê ek kan volgende Maandag weer inval, ek is baie opgewonde. Ek verlang na die kindertjies."

"Dit klink goed... Juffrou Groenewald, ek hou daarvan." sê hy. En vou sy arms om haar.

Hoofstuk 26

Die volgende oggend terwyl Amy en Gerrit ontbyt eet is daar 'n klop aan haar deur.

"Ek sal gaan kyk wie dit is," sê Gerrit en staan dadelik oop. Hy maak die voordeur oop en 'n vreemde man staan voor hom. Die man lyk skielik onkant gevang.

"Goeiemôre, kan ek dalk help?" vra Gerrit vriendelik.

"Mmmm..." Die man lyk skielik ongemaklik.

"Ja... ek is opsoek na Amy," sê hy.

"Sy is hier. Kan ek vra wie jy is?" Wie is hierdie man wat so vroeg na Amy soek wonder Gerrit.

"Ek is Pieter Groenewald. Amy se man... jammer, ex man," antwoord hy versigtig.

"O, aangename kennis ek is Gerrit van der Merwe, Amy se vriend," stel Gerrit homself voor.

"Aangenaam." Pieter vat Gerrit se groot hand en hulle groet mekaar.

"Kom in, ons is net besig met ontbyt," nooi Gerrit vir Pieter in.

"Dankie," Pieter stap onseker in en stap agter Gerrit aan na die kombuis toe.

"Môre Amy," groet hy. Sy draai vinnig om en daar verskyn 'n glimlag op haar lippe.

"Pieter. Môre, dit is 'n verrassing." Sy stap na hom toe en sit haar arms om hom in 'n groet.

"Wat maak jy hier so vroeg in die oggend?" vra sy nuuskierig.

"Ek is op pad skool toe. Ek het gehoor jy was gister by die hoof, toe wou ek net kom hoor hoe dit met jou gaan," hy kyk na Gerrit, "maar lyk my dit gaan goed," sê hy half sarkasties.

"Pieter dit is nie wat jy dink nie," antwoord sy Pieter en probeer hom gerusstel.

"Verskoon my Amy, maar ek moet gaan."

Gerrit stap na Amy toe en gee haar 'n soen.

"Ek is bly ek kon jou ontmoet Pieter. Geniet jou dag," groet Gerrit vriendelik..

"Ja, ek is ook bly dat ek jou kon ontmoet," antwoord Pieter terug. Pieter hou vir Amy dop. Wie is hierdie vrou wat voor hom staan. 'n Paar weke terug was sy stil in haar self gekeer en wou sy met niemand praat nie. Nou blink haar oë en het sy 'n vreemde man in haar lewe.

"Amy, wat gaan hier aan, bly hierdie man by jou?" vra hy nuuskierig.

"Pieter ek dink jy moet sit, laat ek vir jou koffie maak dan vertel ek jou wat die afgelope paar weke gebeur het."

Amy sit 'n beker koffie voor hom neer en dan begin sy rustig hom vertel van alles wat op Dwarskersbos met haar gebeur het.

"Dit klink alles so onwerklik," antwoord hy haar. Daar is ongeloof op sy gesig sigbaar.

"Ek weet, ek sukkel nou nog om alles te verwerk. Piet Smit was gisteroggend hier in die huis," Pieter verstik amper aan sy koffie.

"Regtig Amy, hoe kan jy nog hier bly. Dit is te gevaarlik," hy is duidelik baie ontsteld.

"Ek weet, Gerrit wou ook hê ek moes eers iewers anders gaan bly. Maar ek weier, ek is nie 'n vreesagtige mens nie. Ek was baie bang op daardie skuit en in die Master se huis. Maar ek gaan nie toelaat dat Piet my lewe oorneem nie," Amy staan vinnig op en skuif haar stoel agteruit.

"Dit is hoekom Gerrit hier is, hy slaap in die spaarkamer totdat hulle hom opgespoor en hy weer in die tronk is," sy gaan staan voor die kombuisvenster.

"Ek hoop dit is die regte ding om te doen, hierdie Piet Smit man klink vir my gevaarlik," antwoord Pieter.

"Hy is gevaarlik, hy is 'n gewetenlose mens. Ek het nog nooit so iemand teëgekom nie," sy draai om en kyk na Pieter.

"Pieter, ek moet jou om verskoning vra," sy kyk skaam af na die vloer.

"Waaroor moet jy om verskoning vra?" vra Pieter verbaas.

"Ek was nie 'n baie goeie vrou vir jou nadat Louis gebore is nie. Ek het jou eenkant toe geskuif. Myself heeltemal onttrek van almal af," daar rol 'n traan oor Amy se wang. "Ek is regtig jammer oor alles. Ek het daar in Dwarskersbos vrede gemaak met alles wat gebeur het, en ek is bitterlik jammer oor hoe ek teenoor jou opgetree het. Jy het my net probeer bystaan en ek het jou weggestoot," Pieter sit sy arms om Amy.

"Ons altwee het swaargekry en seer gehad ek moes ook beter verstaan het dat dit baie moeilik was vir jou, maar as vergifnis is wat jy soek, vergewe ek jou."

"Dankie, ek waardeer dat jy my vergewe. Ek wil net aangaan met my lewe. Ek het Gerrit daar ontmoet, en ek gee regtig baie om vir hom." Sy kyk versigtig op na Pieter.

"Ek kan dit duidelik sien, ek is bly jy het iemand ontmoet," hy draai om

"Aangesien ons nou eerlik is, kan ek ook seker vir jou sê dat ek ook iemand in my lewe het."

Amy glimlag vir Pieter.

"Dit is wonderlike nuus Pieter, jy verdien iemand wat lief is vir jou," antwoord sy

"Jy ken haar," antwoord Pieter versigtig.

"Wie is dit?" vra sy nuuskierig.

"Leonie Swanepoel, "sy is 'n juffrou by die skool."

"Jinne Pieter. Natuurlik ken ek haar, "sy is pragtig. Ek is regtig bly vir jou," Pieter kan hoor dat sy opreg is.

"So dit wil vir my lyk of ons altwee geluk gevind het," Pieter is verlig. Hy was bekommerd oor Amy hierdie afgelope tyd.

"Lyk my ons het." Sy glimlag.

"Kyk waar staan die tyd al, ek sal moet gaan as ek nie wil laat wees nie. Sien jou Maandag."

Amy stap saam met Pieter na die voordeur.

"Dankie dat jy kom inloer het Pieter en ek is baie opgewonde oor Maandag. Lekker dag," groet sy hom.

Amy maak die voordeur toe en sluit dit. Sy voel gelukkig en tevrede dat sy met Pieter kon vrede maak. Nou kan sy ook heeltemal aanbeweeg. Sy staan in haar sitkamer en kyk om haar rond. Sy sit vir haar musiek aan en dan begin sy in die kombuis opruim. Sy sing vrolik saam met die musiek terwyl sy haar huis aan die kant maak. Dalk moet sy ry en nuwe gordyne gaan koop. Helder gordyne en nuwe kussings vir die banke. En sommer blomme vir die eetkamer tafel. Sy vat die motor sleutel en stap by die huis uit opgewonde vir die inkopies wat sy gaan doen. Op die ingewing van die oomblik bel sy vir Katrien.

"Môre Tannie dit is Amy wat praat, hoe gaan dit vandag," groet sy vriendelik.

"Môre kind, watter verrassing is dit om van jou te hoor," antwoord Katrien vriendelik.

"Het tannie lus vir bietjie inkopies doen saam met my vandag," vra sy.

"Ek is altyd lus vir inkopies my kind. Waar ontmoet ek jou?" Amy en Katrien spreek af waar hul gaan ontmoet en dan ry Amy stad toe. Dit is 'n heerlike someroggend. Amy lyk pragtig in haar wit rok. Katrien kan beslis sien hoekom sy haar seun se hart gesteel het. Dit is 'n gesellige dag vir hulle. Hulle eet middagete by 'n oulike restaurant. Amy koop vir haar sitkamer nuwe gordyne en kussings en dan 'n pragtige bos blomme vir die eetkamer tafel. Sy kry ook vir haar 'n paar nuwe rokkies vir die skool en besluit sommer om 'n lekker aandete te maak vir Gerrit. Amy voel vir die eerste keer opgewonde oor haar lewe.

Hoofstuk 27

"Is ek by die regte huis?" vra Gerrit toe hy by die sitkamer instap. Alles is netjies en op hulle plek en die sitkamer lyk soos 'n vars blomme tuin. En die reuk wat uit die kombuis kom maak dat sy maag meer grom as normaal weg. Amy kom uit die kombuis gestap. Sy lyk so gelukkig. Daar is 'n blos op haar wange en 'n glimlag om haar lippe. Gerrit staan vir 'n oomblik stil. Hy moes beslis iets reg gedoen het om hierdie vrou te ontmoet. Sy is beeldskoon en sy is syne.

Hulle geniet 'n gesellige aand. Nie een van hulle praat oor Piet se dreigement nie. Amy weier om daaraan te dink. En Gerrit voel dieselfde. Hy het die heeldag probeer om leidrade toe soek oor Jan se moord. Niemand het gesien wat gebeur het nie. En dit alleen is vir hom duister. Hoe is dit moontlik dat niemand by 'n besige Kaapse hawe iets gesien het nie. En Piet is nêrens te vinde nie. Hy is vir 'n oomblik so ingedagte dat hy nie hoor dat Amy sy naam noem nie.

"Gerrit... Gerrit..." Sy vat aan sy arm. "Gerrit. Waar was jy nou? Ek praat met jou," vra sy.

"Ek is jammer. Ek het vir 'n oomblik aan ander goed gedink. Wat wou jy my vertel?" maak hy verskoning.

"Ek en jou ma het saam gaan inkopies doen vandag," vertel sy opgewonde.

"Sy is wonderlik ek het dit so geniet saam met haar," glimlag sy.

"Saam met my ma. Ek is seker dat julle dit baie geniet het. Dit was altyd haar droom om 'n skoondogter te hê saam met wie sy kan kuier," Gerrit vat Amy se hand, en druk 'n soen daarop.

"'n Skoondogter sê jy, "ek dink ons is nog vêr van dit af."

"Dalk, maar ek weet dit is hoe sy jou sien," Gerrit hou haar dop. Hy sal wat wil gee om haar nou te vra om met hom te trou, maar dit sal net nie die regte tyd wees nie. Hulle ken mekaar nog net 'n paar weke en met Piet wat nog op vrye voet is kan hy nie nou dink aan trou nie. Hy los Amy se hand en staan van die tafel af op.

"Dankie vir die heerlike ete, jy bederf my. Ek gaan nie wil teruggaan huis toe nie," Hy tel die leë borde op en stap kombuis toe.

"Dalk is dit die plan," antwoord Amy hom.

"O ek sien. Jy moet oppas, ek bly dalk regtig," terg hy vir haar. Sy stap na hom toe en hou hom vir 'n oomblik vas.

"Ek sal nie omgee as jy bly nie Gerrit. Ek weet nie of ek ooit weer alleen kan wees nie. Jy maak net alles beter." Hulle staan vir 'n oomblik so in mekaar se arms.

"Ek dink ons moet gaan inkruip, môreoggend moet ons vroeg in die pad val Dwarskersbos toe." Hy buk en soen haar. Dan stap hulle elk na hul kamers toe. Opgewonde vir die vooruitsig om die naweek saam te spandeer.

Maar Gerrit kan nie help om onrustig te voel nie. Hulle gaan terug na die huis waar Amy teen haar wil weggevat is. Hy het amper sy lewe verloor in daardie dorp. Hoekom voel dit asof hulle reguit in die leeu se bek in gaan ry. Gerrit slaap heel aand onrustig en is nog moeg toe Amy hom wakker maak met 'n beker koffie en ontbyt.

"Toe slaapkous op staan tyd dit is al agtuur," Amy gaan sit op die bed langs hom.

"Hoekom laat jy my so laat slaap ons moes al gery het," hy sit regop en vat die skinkbord by haar.

"Maak jy eers rustig klaar, ek maak gou padkos vir ons," Sy gaan staan by die deur en draai na hom. "Is jy seker dit is veilig om nou terug te gaan Dwarskersbos toe? Soveel het daar gebeur. Ek voel nie heeltemal gerus om terug te gaan nie," sy kyk bekommerd na hom.

"Ek voel self ook so. Ek dink ons moet net gaan sorg dat alles opgeruim is en dan kom ons môre weer terug, nie te lank daar bly nie," antwoord Gerrit. Hy gaan nie sy bekommernis vir haar wegsteek nie.

"Ek stem saam. So gou as moontlik weer terugkom," sy draai om en los hom om sy ontbyt te geniet.

Hoofstuk 28

Hulle is stil wanneer hulle by Dwarskersbos in ry. Amy staar by die venster uit. Hier in hierdie pragtige dorpie het sy vrede gevind en toe vind sy liefde. Maar hier het sy ook geleer wat vrees regtig is. Sy voel skielik benoud en maak die venster oop om vars lug te kry. Gerrit sit sy hand op haar been. Hy besef dat dit vir haar moeilik moet wees. Dan stop hy voor die huis en klim uit. Amy sit nog in die motor. Haar liggaam wil nie reageer nie. Gerrit maak die deur oop vir haar.

"Amy, ek is hier," sê hy vir haar en hou sy hand uit na haar. Sy sit haar hand in syne en klim uit die motor. Alles is nog net so deurmekaar soos toe sy ontvoer is. Dan onthou sy skielik van die tweede man wat ook daar was daardie aand.

"Gerrit, ek onthou nou net iets," sy staan in die sitkamer.

"Wat onthou jy?" vra hy.

"Piet was nie alleen daardie aand nie, iemand het hom gehelp," antwoord sy hom.

"Nog iemand wie was dit?" vra hy.

Dalk sal hierdie man weet waar Piet is.

"Mmmm, wat is sy van? Op die skuit het Piet sy mond verby gepraat," Amy dink vir 'n oomblik.

"Jonker... speurder Jonker. Dit is die man se van. Ek het polisie toe gegaan om jou aan te meld as vermis. 'n Speurder Jonker het my verklaring gevat. En net daarna toe wag hulle vir my by my huis toe ek van die hospitaal af kom." Amy sak op die bank neer.

"'n Speurder. Is jy seker?" Gerrit klink onseker. Hoe is dit moontlik?

"Ja Piet het gesê dat hy en Jonker lekker geld gaan maak uit my. Toe vra ek hom wie dit is en hy ignoreer my toe. Maar dit kan net die speurder wees." Amy staan op en begin om die stoele op te tel en aan die kant te maak.

"Wel, dan gaan ek maar my kollega moet gaan sien vanmiddag. Hy kan dalk vir my inligting gee oor Piet," sê hy.

"Gerrit. Hy gaan nie vir jou sê waar Piet is nie. Hoekom sal hy? Hy is eintlik 'n medepligtige. Net so skuldig soos Piet."

"Jy is reg. Hy sal my beslis nie help nie. Ek sal aan iets anders moet dink," hy klink frustreerd. Amy stap na hom toe en sit haar arms om hom.

"Jy sal hom kry," probeer sy vir Gerrit gerusstel. "Ek het vertroue in jou," sy hou hom vir 'n rukkie vas. Gerrit voel hy begin ontspan.

"Ek is seker die gelukkigste man op hierdie mooie planeet van ons. Ek is lief vir jou Amy," dan soen hy haar. Haar arms gaan om sy nek en hou hom vas.

"Ek is ook lief vir jou Gerrit," antwoord sy hom terug. Gerrit gaan sit op die bank met Amy nog in sy arms. Dit begin al donker raak in die vertrek maar nie een van hulle gee om nie. Hulle wil net bymekaar wees. Hulle raak in mekaar se arms aan die slaap.

Hoofstuk 29

Gerrit word wakker. Amy lê nog en slaap in sy arms. Hy kyk rond in die donker sitkamer. Wat het hom wakker gemaak. Hy hoor dit weer iets wat kap. 1... 2... 3... keer en dan is dit stil. Hy strek sy arm uit om die lamp wat langs die bank staan aan te skakel. Sy liggaam verstyf. Voor hulle sit Piet Smit op 'n stoel. 1... 2... 3... keer kap hy met die pistool op die houtreling. Amy beweeg in sy arms, dan gaan haar oë oop. Sy kyk op na Gerrit. Sy sien die erns op sy gesig en die sweet wat van sy voorkop afrol. Hy is gespanne en sy wonder hoekom. Dan kyk sy in die rigting waarin hy kyk. Sy trek haar asem hard in en sit vinnig regop.

"Stadig Blondie, sit net rustig," Piet se stem is sag maar ernstig. Gerrit het ook intussen regop gekom.

"Wat soek jy hier Piet?" vra Gerrit.

"Wat soek ek hier?" herhaal Piet, "ek kom net bietjie kuier. Ek het gehoor jy soek my speurder van der Merwe." Piet staan op en stap dreigend nader aan hulle. Amy skuif nader aan Gerrit.

"Blondie, hoekom is jy bang vir my. Jy weet mos ek sal jou nie seer maak nie." Praat hy met Amy.

"Piet ek vra weer, wat soek jy hier?" Gerrit wil opstaan maar Piet wys met sy pistool dat hy eerder moet sit. Gerrit sak terug op die bank.

"Nou kyk die ding staan so, speurder van der Merwe," tart Piet hom. "Al ooit gehoor van *no witness no crime*," antwoord Piet hom.

"Is dit hoekom jy vir Jan vermoor het. *No witness no crime*," vra Gerrit.

"Jan!" herhaal Piet sy naam.

"Hy het sy eie doodsvonnis geteken toe hy sy mond oopgemaak het. Ek het hom gewaarsku. Dit is wat gebeur as jy nie luister vir Piet Smit nie!" Piet kyk Gerrit in die oë.

"Ek het nou gewonder of ons tweetjies nie dalk weer op die strand moet gaan kuier nie, maar die keer maak ek seker dat die job ordentlik gedoen is," antwoord hy vir Gerrit. Amy begin saggies snik.

"Kom nou Blondie, hoekom die trane... ek joke net," stel hy Amy gerus "ek soek net my geld terug. As julle dit vir my terugkry dan sal alles *fine* wees," stel hy Amy gerus.

"Waar dink jy moet ek die geld vandaan kry?" vra sy vir Piet.

"Dit is nie my *worries* nie. Jy is 'n slim poppie, figure dit uit," antwoord Piet vir haar.

Gerrit staan op en gaan staan voor Amy.

"Piet ek dink dit is tyd dat jy gaan,"

"Ek gaan nêrens, ek en jy gaan net hier bly. Blondie hier gaan my geld haal," dreig Piet vir Gerrit. Amy staan ook op en gaan staan langs Gerrit.

"Dit is onmoontlik, waar moet ek die geld vandaan kry. Asseblief Piet, ek kan nie alleen gaan nie," pleit Amy.

"Niks is onmoontlik nie Blondie. Ek gee jou twee dae om dit te kry. Julle het alles gevat en ek moet hier wegkom en ek kort geld om dit te doen."

"Hoeveel geld soek jy?" vra Gerrit.

"Ek het gedink so R200,000 sal my 'n entjie vat," Piet glimlag vir hulle.

"Nou hoe dink jy moet ek in twee dae R200,000 in die hande kry," vra Amy geskok.

"Dit is jou probleem."

"Piet, jy weet dat die polisie nie daardie geld vir jou gaan terugbetaal nie. Jy is 'n krimineel," antwoord Gerrit.

"Ek weet hulle sal my nie betaal nie, daarom gaan jy en Blondie dit betaal. Ek *figure* vir al die pyn en lyding wat julle veroorsaak het, kan julle maar opdok."

"Watse pyn en lyding? Jy is die een wat al die pyn veroorsaak!" skree Amy.

Gerrit hou vir Piet dop. Hy wag sy kans af. Piet se greep verslap toe hy na Amy kyk. Gerrit kom vinnig in beweging, voordat Piet kan keer lê hy op die grond en Gerrit is bo op hom, besig om te stoei vir die pistool. Amy gil toe sy die mans sien stoei. Die pistool val uit Piet se hand. Gerrit is te sterk vir Piet. Gerrit draai hom op sy maag en druk met sy knie op sy rug.

"Amy kry iets om sy hande mee vas te maak vinnig," Amy hardloop kombuis toe en maak die laaie oop dan kry sy 'n tou en gaan terug sitkamer toe. Maar sy staar geskok na die prentjie voor haar.

Speurder Jonker staan met 'n pistool teen Gerrit se kop. Gerrit haal hard asem. Hy het 'n harde hou teen die kop gekry. Piet tel sy pistool op en hou dit op Gerrit gerig.

"Asseblief Piet. Moenie," smeek sy. Piet is baie kwaad, daar klop 'n aar langs sy slape en hy haal hard asem.

"Blondie ... *change of plans* ... ons gaan vir 'n *drive.*"

"Lyk my ek is net betyds vir die *fun*," sê Jonker vir Piet.

"Ek sal die geld vir jou kry, gee my net 'n rukkie kans asseblief," pleit sy.

"Tyd vir speletjies is verby," Piet se stem word al hoe harder.

"Piet, jy gaan lewenslank in die tronk sit as jy 'n polisie-man vermoor," dreig Gerrit vir Piet.

"Dit sal 'n pleasure wees om in die tronk te gaan sit vir dit. Ek is siek vir julle!" Piet is besig om sy humeur te verloor.

"Kom Piet, dit is tyd om te gaan. Daar is makliker maniere om geld te maak," Jonker raak haastig.

"Sê net die woord en ek raak ontslae van hulle," Jonker hou Piet dop.

Maar hy kyk na Amy wat verwese eenkant staan.

"Nee. Ek moet eers daaroor dink. Kom ons vat hulle na die koelkamers toe. Ek het tyd nodig om te dink oor wat ek wil doen," antwoord Piet vir Jonker.

"Nes jy wil. Ek hoop jy weet wat jy doen. Staan op van der Merwe," beveel hy vir Gerrit. Piet vat vir Amy aan die arm en trek haar agterna. "Probeer net iets en ek maak jou vrek vandag," dreig Jonker en druk hom in die voertuig in.

"Julle gaan nie hiermee wegkom nie Jonker. Jy weet wat met korrupte polisie manne in die tronk gebeur," Gerrit kyk dreigend na Jonker. Gerrit kry 'n vuis hou deur die gesig, "hou jou mond," Is al wat Jonker vir Gerrit sê. En rig weer die pistool op hom.

Piet help Amy in die motor en slaan die deur agter haar toe. Amy kyk benoud vir Gerrit wat agter in die voertuig sit. Hy wys vir haar om haar veiligheidsgordel aan te sit. Iewers moet hy aan 'n plan dink om hulle uit hierdie situasie te kry. Hulle begin in stilte te ry. Hulle ry uit die dorp uit in die rigting van die Industriële gebied. Dan gaan Gerrit oor in aksie. Hy gryp na die pistool in Jonker se hand en gee hom 'n vuis hou deur die gesig. Hulle begin te stoei op die agterste sitplek.

"Wat maak julle?" gil Piet, hy ry al hoe vinniger. Amy besef dat sy iets sal moet doen. Al waaraan sy kan dink is om die handrem op te trek. Sy maak haar oë toe skop vas en gryp die veiligheidsgordel vas.

Dan trek sy die handrem op. Die motor gly oor die teer pad. Sy hoor 'n geweerskoot en voel hoe die motor begin rol. Dan raak dit donker om Amy. Gerrit word rondgegooi in die motor, hy voel hoe hy uit die motor val en tussen die gras beland. Die motor kom in 'n stofwolk op sy dak tot stilstand.

Dit vat 'n rukkie vir Gerrit om tot verhaal te kom. Hy sit stadig regop en druk met sy hande oor sy lyf. Alles het so vinnig gebeur hy het net gehoor daar gaan 'n skoot af en die motor wat begin rol. Hy sug verlig. Hy is nie gewond nie. Hy kyk na die motor. Amy!

Hy spring op en hardloop na die motor toe. Hy maak Amy se deur oop. Die veiligheidsgordel is nog vasgemaak en sy sit onderste bo in die sitplek. Hy maak die gordel versigtig los en keer dat sy nie val nie. Hy trek haar uit die motor en sit haar op die gras neer.

"Amy... Amy... Asseblief, praat met my..." sê hy net oor en oor. Hy voel of sy 'n hartklop het. Hy sug van verligting. Hy staan op en hardloop weer terug na die motor toe. Hy moet vir Piet en Jonker ook daar uit kry.

Hy maak die voordeur oop en staar geskok na Piet. Hy lê op die dak van die kar. Hy is dood. Daar is 'n skietwond op sy rug. Jonker moes vir Piet geskiet het toe hulle gestoei het vir die pistool. Hy maak die deur aan die passasierskant oop maar Jonker is weg.

Gerrit wonder of hy ook uit die motor gegooi is. Hy soek rond tussen die gras en bosse naby die motor. Maar hy sien niemand. Is dit moontlik dat hy weggekom het. Waar sou hy wees. Hy is seker dat hy ook gewond moet wees. Maar vir nou kan hy nie oor hom bekommerd wees nie, hy moet na Amy om sien.

Hy gaan terug na die motor toe en soek na Piet se foon en skakel die nooddienste. Hy gaan terug na Amy toe en gaan sit langs haar. Hy hou haar hand vas.

"Ek is hier... Ek is hier..." praat hy met Amy. Sy lê so stil, Hy was nog nooit so bang gewees nie. Hierdie vrou is sy lewe, as sy iets moet oorkom. Hy staar op na die swart hemel. Die sterre skyn helder, alles lyk so vreedsaam. Hy hoor Amy kreun. Haar oë gaan stadig oop.

"Gerrit..." sê sy sag. Sy kyk om haar rond, "waar is ons?" vra sy.

"Dankie tog my skat jy is wakker." Gerrit vryf met sy hand oor haar hare. "Ons is iewers langs die pad. Die motor het gerol," Amy probeer regop kom, maar Gerrit druk haar sag terug op die gras. "Lê eerder stil totdat die ambulans hier is." Amy sak terug op die gras.

"Waar is Piet en Jonker?" sy draai haar kop sodat sy na die motor kan kyk.

"Piet het dit nie gemaak nie. Jonker moes hom geskiet het toe ons gestoei het vir pistool. Jonker is weg. Ek sien hom glad nie," antwoord Gerrit.

"Hoe kan hy net weg wees?" vra sy.

"Ek weet nie. Maar ons gaan nie nou daaroor bekommerd wees nie. Ek hoor die ambulans. Jy moet nou eers by die hospitaal uit kom. Die Polisie sal vir Jonker soek. Hy sal nie ver kom nie. Hy moet gewond wees," probeer hy haar gerusstel.

"Ek kan nie glo dat ons lewendig uit daai kar geklim het nie," sê Amy.

"Ja dit is nogal 'n wonderwerk. Wie het die handrem opgetrek?" vra Gerrit.

"Ek het," antwoord sy vinnig.

"Jy het vinnig gedink daar. Dit het dalk ons lewe gered." Gerrit kyk trots na Amy.

"Ek was so bang gewees," 'n Traan rol oor haar wang. Gerrit vryf met sy hand oor haar wang.

"Amy, jy is nou veilig. Piet Smit gaan ons nie weer pla nie," antwoord hy haar. Hy sak sy kop en soen haar versigtig op haar lippe. "Vir die eerste keer voel ek dat ons nou vry is om mekaar volkome lief te hê," hy soen haar weer.

Amy sit haar arms om Gerrit en hou hom vas. Sy sug tevrede. Sy het uiteindelik vrede gevind op Dwarskersbos.

DEEL 2

Hoofstuk 30

"Juffrou!" Amy draai om toe iemand aan haar arm trek. Sy kyk af na die rooi kop dogtertjie met die oulikste sproete op haar gesiggie en pragtige blou oë wat ondeund na haar staar.

"Ja, Saartjie."

"Hierdie is vir juffrou," Saartjie hou 'n blom na haar uit en bloos skaam.

"Dit is gaaf van jou," Amy vat die blom by haar en druk dit dadelik in haar hare.

"Dit is 'n plesier juffrou. Is daar iets wat ek vir Juffrou mee kan help?" bied sy haar hulp vriendelik aan.

"Ja asseblief, jy kan my mandjie vat dan vat ek die boeke en my handsak. Ek waardeer jou hulp," antwoord Amy.

"Juffrou lyk baie mooi vandag," komplimenteer Saartjie haar.

"Dankie." Hulle stap verder in stilte na Amy se klaskamer. Sy het lief geraak vir die kinders in Pretoria. Sy en Gerrit is amper 'n jaar terug getroud, hulle het besluit om te trek uit die Kaap en 'n nuwe toekoms saam in te stap in Pretoria. Sy het 'n pos by een van die plaaslike skole gekry en Gerrit het 'n oorplasing gevra na die Pretoria polisiestasie. Nou bly hulle in 'n pragtige huis teen die berg, met die mooiste uitsig oor die stad. En hulle is gelukkig. Gerrit doen goed by die Polisie. Hy is gewild en geliefd onder sy medekolegas. Sy glimlag. Sy is baie trots op haar man. Daar is baie aande wat sy alleen gaan slaap, maar sy gee nie om nie sy kan sien dat hy elke oomblik daarvan geniet en hy is lief vir sy werk.

Daar is dae wat hy baie stil is en nie veel praat met haar nie, dan wanneer hy wel praat oor alles wat by die werk gebeur besef sy net van voor af hoe gelukkig die Polisiemag is om hom deel te hê van hulle. Hy sit elke dag 110% in. En hy vat nie onnodige kanse nie. Hy bel of stuur altyd vir haar 'n boodskap om vir haar te sê dat hy veilig is. Sy hoef nooit te wonder waar hy is nie, hy neem haar altyd in ag.

Na hul noue ontkoming in die Kaap is dit asof hulle meer bedag is oor wat om hul aangaan, wat seker nie 'n slegte ding is nie. Dit bly altyd in haar agterkop dat Speurder Sarel Jonker nog iewers is. Hulle kon hom nooit opspoor nie, hy het net verdwyn daardie nag van die ongeluk. Maar sy probeer nie te veel daaraan dink nie. Sy fokus nou om net gelukkig te wees en 'n Juffrou te wees vir die pragtige Graad 1 kindertjies. Die dag gaan vinnig verby en sy ry opgewonde huis toe.

Sy geniet haar huis en veral die pragtige kombuis. Dit is vir haar lekker om vir Gerrit etes voor te berei.

Die huis self het sy met soveel liefde mooi gemaak. Elke vertrek is besonders, Gerrit sê dit voel of hulle in 'n 5 ster Hotel bly. En sy doen dit alles vir hom. Sy wil hê dat hy moet trots wees op hulle huis en wanneer hul vriende oor kom vir 'n kuier dan is dit vir haar lekker om hul waardering te sien. Gerrit het vir Amy 'n German Shepperd hond gegee toe hul pas ingetrek het. Hulle het hom Bobby gedoop. Hy is so deel van hul huishouding. Sy kan nie haarself indink om by die huis te wees sonder hom nie, hy is net 'n paar maande oud maar reeds is hy al yslik groot. Hy waai sy stert opgewonde toe sy voor die huis stop.

Sy is skaars uit of hy spring opgewonde op die grasperk rond. Dadelik het hy 'n bal in sy mond. Dit is 'n instelling dat as sy stop by die huis sy eers 'n paar minute aan hom moet aandag gee. Dan stap hy saam met haar huis toe en sodra sy in die kombuis is vra hy met 'n sagte blaf 'n sny brood. Sy vryf liefderik oor sy sagte pels. "Jy is ook altyd honger." Amy maak vir haar 'n koppie koffie en gaan sit dan in die sitkamer op die bank. Sy is moeg vandag. Sy is seker daardie kindertjies van haar raak net besiger by die dag. Bobby lê met sy kop op haar skoot. Tevrede om net by sy baas te wees.

Hoofstuk 31

Gerrit blaai bekommerd deur 'n lêer wat voor hom oop lê. Hoekom voel hierdie man vir hom so bekend. Hy kyk heeltyd na die foto voor hom. Dit maak net nie sin nie. Iewers moes hy al te doene gekry het met hierdie persoon of hom gesien het. Hy kan net nie sy vinger daarop lê nie. Dan staan hy op en stap na die muur toe.

Daar is 'n wit aansteek bord met foto's van al die verdagtes. 'n Dwelmhandelsaak wat hulle besig is om te ondersoek. Van iewers word dwelms ingevoer maar niemand weet nie. Dit is 'n nuwe dwelm wat die jong mense heeltemal laat kop verloor, daar het al 'n paar gesterf van dit. Hulle kry net nie die leidrade nie. Die saak op hierdie stadium is nog duister vir al die speurders wat daaraan werk.

"Van der Merwe. Hoekom lyk jy so bekommerd?" vra een van sy medekollegas.

"Ek kan net nie my vinger daarop sit nie. Maar hierdie man lyk vir my baie bekend. Iewers moes ek hom al raak- geloop het," antwoord Gerrit. Hy wys na 'n groot man met donker hare en donker oë.

"Hy is glad nie bekend hier rond nie. Wat van die Kaap. Kon jy hom nie dalk daar gesien het nie. Dalk iets met daardie dwelms wat jy in Mosselbaai gekry het?" vra Marius.

"Nee, maar... mmmm. Marius jou yster... Dankie, ek weet nou presies waar ek hom gesien het," Gerrit klink verlig. En klop vir Marius op die skouer.

"Waar...?" wil Marius nuuskierig weet.

"By die hawe. Piet Smit het by daardie ou die Lotto geld gekry elke keer as hulle vis gelaai het. Hy het iets met die Steelvisketting te doen. Ek kan 100% seker maak ek het foto's geneem van hom en Piet. Die mariene inspekteur van die Kaapse hawe het dit. Ek gaan dadelik met hom kontak maak en vra vir al die foto's wat ek geneem het."

Gerrit stap dadelik na sy tafel toe. Hy voel verlig. Uiteindelik het hulle iets om mee te werk. Hy moet iets te doen hê met die dwelmhandel in Mosselbaai. Hy is seker daarvan. Dinge het bietjie warm geraak in die Kaap vir hulle, nou moet hulle 'n nuwe mark soek. Of hulle het dit nog altyd hierheen gebring en die vis is gebruik om dit in te weg te steek, niemand sal tog kratte vol vis deursoek nie. Hy skakel dadelik die hawe en dan praat hy met die inspekteur. Hy verseker hom dat hy dit vir hom dadelik sal e-pos en oomblikke later maak hy dit oop. Marius staan agter hom en kyk na die skerm.

"Wraggies, daar is die man!"

Gerrit vergroot die foto dit is beslis dieselfde man. Hy druk al die foto's uit en dan stap hy en Marius na die kaptein se kantoor. Hier is darem bietjie nuus wat die kaptein se deurmekaar bui beter kan maak. Elke oggend verskree hy hulle oor hul geen leidrade het oor waar die dwelms vandaan kom of weet wie die mense is wat betrokke is daarby nie. Hulle voel sommer baie ingenome met hul self vir die deurbraak in die saak. Dit is dalk gering maar dit is 'n begin.

"Binne!" beveel die kaptein toe daar aan die deur geklop word.

"Ek hoop julle kom met nuus oor die saak of julle kan net sowel omdraai, ek stel nie belang in enige ander storie nie," die kaptein kyk kwaai na die twee speurders voor hom.

"Kaptein," begin Gerrit praat, "ek erken hierdie man." Hy wys vir die kaptein die foto, "ek weet nie wat sy naam is nie maar ek kan hom koppel aan 'n steelvisketting in die Kaap," verduidelik Gerrit vinnig.

"Ek luister," die kaptein sit sy pen neer en sit agter oor. Al sy aandag nou by Gerrit.

"Ek kon hom nie dadelik plaas nie, maar met Marius se hulp hier kan ek nou onthou waar ek hom gesien het." Die kaptein moet tenminste weet dat hy ook sy kant bring.

"Ek het hom gesien by Mosselbaai saam met Piet Smit met daardie steelvisketting waar ek by betrokke was, ons het mos agtergekom dat hulle die dwelms in die vis weg-steek," Gerrit bly vir 'n oomblik stil.

"Hy was die een wat die geld vir die vissermanne gegee het. Ek is nie seker of hy betrokke is by die dwelms nie, maar ek dink nie dat dit anders kan nie. Hulle het die vis gekoop by die vissermanne en dan die dwelms in die vis weggesteek en hierheen vervoer. Dit is al verduideliking wat daar kan wees."

Gerrit sit die foto's voor die Kaptein neer. Die Kaptein tel elkeen op en bestudeer dit aandagtig.

"Hierdie een," hy druk met sy vinger op 'n foto. "Wie is hierdie man?" vra hy belangstellend. Gerrit kyk af na die foto waar Jonker die swart tas op die tafel sit. Hy glimlag mooi vir die kamera.

"Dit is Sarel Jonker. Mmmm..." Hy huiwer vir 'n oomblik. "Speurder Sarel Jonker, hy was by Dwarskersbos 'n speurder gewees. Maar hy het net verdwyn. Ons kon hom nooit opspoor nie," verduidelik Gerrit.

"Wat! 'n Speurder. Hoe kon hy net verdwyn."

Die Kaptein staan vinnig op. 'n Korrupte Polisie man kry geen simpatie by die polisiemag nie. Gerrit sluk 'n paar keer, dan verduidelik hy wat met hom en Amy gebeur het daardie aand van die ongeluk. Die Kaptein staar by die venster uit terwyl Gerrit praat.

"Nou goed. Ons eerste prioriteit is om daardie man wat met Piet Smit gepraat het op te spoor. Dit wil vir my lyk of daardie saak van die Steelvisketting baie groter is as wat ons dink. Ek het so 'n onaangename gevoel dat wanneer ons daardie man opspoor ons ook sommer vir Speurder Sarel Jonker gaan opspoor. Goeie werk julle. Dit voel asof ons vir 'n slag iewers gaan kom."

Die Kaptein stap terug na sy stoel. "Julle kan maar gaan," sê hy saaklik vir die twee speurders. Hulle loop by die kantoor uit en maak die deur agter hulle toe.

Hulle albei gee 'n sug. "Daai man is moeilik om tevrede te stel. Maar nou goed tenminste het ons iets om aan te werk. Daardie trokke waarmee hulle vis opgelaai het het aan Viljoen Vissery behoort. Ons moet rond soek en kyk of daar nie besighede is wat ook op sy naam is hier in Pretoria of Johannesburg nie," gesels Gerrit met Marius.

"Wat is die man se naam na wie jy soek?" vra Marius belangstellend.

"Ben Viljoen. Die inspekteur het vir my gesê dat sy naam gekoppel word aan dwelmhandel in die Kaap. Maar hulle kon dit net nooit bewys nie," Gerrit draai na sy vriend toe. "Marius, iets sê vir my dat ek en jy 'n grote hier beet het. Hier kom groot dinge my vriend. Hierdie man het oë orals. Ons moet versigtig wees waar ons praat en met wie." Marius luister aandagtig na Gerrit, dan draai hy sy kop en kyk om hom rond. Hy is dadelik op sy hoede.

"Goed, ek sal versigtig wees. Dalk moet ons op 'n ander plek aan die saak werk. Jy is reg met Sarel Jonker wat korrup is weet ek nie of ek almal hier kan vertrou nie. Daar is 'n kantoor wat leeg is op die 3de vloer. Ek kan reël met daai oulike PA van die kaptein om vir ons daardie kantoor se sleutel te kry." Marius klink opgewonde as hy van haar praat.

"Ek is seker dat jy haar sal kan oorreed vir die sleutel," Gerrit glimlag.

"Dit is nie wat jy dink nie. Sy is net oulik en pragtig in daai kort rokkies wat sy dra...," erken Marius skaam teenoor sy vriend. "Ek gaan na haar toe stap en hoor wat sy sê." Hy stap in die rigting van die Kaptein se kantoor.

"Ek sal vir die Kaptein gaan inlig van ons planne," Gerrit stap saam met hom.

Hoofstuk 32

"Bossie blomme vir die Madam by die huis," vra 'n verkoopsman vir Gerrit toe hy by 'n stopstraat stop. Gerrit kyk na die blomme en glimlag dadelik. Dit is pragtig rose. Dadelik dink hy aan Amy die roos in sy lewe.

"Ja gee maar dankie," Gerrit haal vir hom geld uit en neem die blomme. Hy kan sy geluk nie glo nie. Hierdie afgelope tyd saam met Amy was soos hemel op aarde. Hulle geniet mekaar, hulle geniet hul huis en hulle geniet vir Bobby. Iewers moes hy iets reg gedoen het om so gelukkig te kan wees. Hy stop by die huis en is skaars uit die motor of Bobby kom opgewonde aangehardloop om hom te groet. Die jong hond y blaf uitbundig en spring op en af.

"Jinne Bobby mens sal sweer jy het my jare laas gesien. Kom nou oubaas se honne bedaar tog," Gerrit kniel langs die dier en vryf oor sy gesig.

"So dit is hoe dit werk. Jy groet eers vir Bobby voor jy vir my groet," praat Amy agter hom. Gerrit staan stadig op met die blomme in sy hand. Amy trek haar asem in.

"Dit is pragtig Gerrit wat het ek gedoen om dit te verdien?" vra sy saggies. Sy druk haar gesig in die blomme en ruik aan dit.

"Jy het met my getrou," Gerrit sak sy kop en soen haar en dan stap hulle hand aan hand die huis in. Die reuk van die aandete wat Amy gemaak het vul die huis. Sy het tafel op die stoep gedek met kerse. Gerrit gaan sit en ontspan dadelik. Hy het 'n besige dag gehad en dit is net vir hom lekker om huis toe te kom en saam met Amy tyd te spandeer. Amy sit sy bord kos voor hom neer.

"Heerlik my liefling," komplimenteer hy haar. Sy glimlag vir hom en dan geniet hul saam hul aandete. Elkeen praat oor hulle dag. Gerrit noem net glad nie aan haar van die deurbraak wat hulle in die dwelmsaak het nie. Hy wil nie die aand bederf deur herinneringe van wat alles met haar gebeur het nie.

"Gerrit, ek het hierdie kaartjie in die blomme gekry," praat sy en hou dit na hom uit.

"Kaartjie gekry, dit is vreemd," antwoord hy.

"Wat sê dit?" vra hy nuuskierig. Amy se gesig is bleek en hy kan sien dat sy moet vashou aan die stoel om regop te bly.

"Amy wat is fout?" hy staan bekommerd op. Amy se hand bewe liggies toe hy die kaartjie by haar vat.

"Lees dit self," sy gaan sit op die stoel.

"Speurder van der Merwe, so ons ontmoet weer. Blondie is nog mooier as wat ek onthou, sy sal iemand se hart baie bly maak. Moenie krap waar dit nie jeuk nie. Jou pragtige vrou mag dit dalk net ontgeld. SJ," SJ wie sou dit wees. Maar dan onthou hy van Sarel Jonker. So hy is wragtig in Pretoria. Hoe weet die man waar hy bly.

"Deksels!" praat Gerrit en dan gryp hy die blomme van die tafel af en gooi dit in die asblik hy stap na Amy toe wat met haar gesig in haar hande sit.

"Amy, liefling," Gerrit gaan kniel by haar.

"Ek sal nie dat daardie man naby jou kom nie," probeer hy haar kalmeer.

"Hoe Gerrit, jy werk heeldag, ek werk heeldag en dan is ek alleen by die huis vir ure aanmekaar, soms die hele nag. Jy kan nie daardie belofte aan my maak nie. Kyk hoe maklik het hy ons opgespoor," dit voel vir Amy of sy beheer wil verloor oor haar emosies. Hulle is uit die Kaap om weg te kom van daardie herinneringe en nou is dit weer terug in haar huis.

"Hoekom sê hy jy moet nie krap waar dit nie jeuk nie wat bedoel hy daarby?" vra sy.

Sy sien hoe Gerrit huiwer.

"Gerrit. Ek vra jou 'n vraag. Antwoord my!"

Gerrit draai na Amy toe.

"Amy, ek het vandag besef dat dieselfde mense wat by Piet Smit en die Steelvisketting betrokke was, is ook betrokke by 'n dwelmsindikaat wat hier in Pretoria en Johannesburg kop uitsteek. Dit kan net die mense wees wat die dwelms in die vis weg steek en hierheen smokkel. Ek het nog nie al die feite nie en dalk is dit nie eens so nie, maar die moontlikheid is groot dat dit wel so is."

"Jy onthou dat jy my vertel het van 'n man wat by Piet gestaan het toe jy navraag oor my gedoen het," vra Gerrit vir Amy. Hy haal sy foon uit en maak sy e-pos oop en hy wys die skerm na Amy.

"Is dit die man gewees wat jy gesien het?"

Gerrit hou Amy se gesig dop.

"Ja dit was hy. Hy is 'n yslike man en het my baie ongemaklik gemaak. Wie is dit?" vra sy.

"Ek weet nie wie dit is nie, maar hy is gesien hier in Pretoria nie te lank terug nie. Ek het vandag eers besef dat ek hom gesien het in Mosselbaai saam met Piet en nou het jy hom gesien in Dwarskersbos ook saam met Piet. Hier is beslis iets aan die gang,"

Gerrit loop op en af.

"Ek wil jou nie betrek hierby nie. Ek het jou amper verloor, ek sal nie kan lewe met myself as daar regtig iets met jou moet gebeur nie. Sarel Jonker is gevaarlik en hy sal die skroom om sy dreigement uit te voer nie."

"Ek besef dit Gerrit, maar wat van jou, jou lewe is ook in gevaar?" Amy stap bekommerd na Gerrit en sit haar arms om hom.

"My liefling, ek is altyd versigtig. Ek is meer bekommerd oor jou. Ek gaan vir jou 'n lyfwag kry,"

Amy wil eers teëstribbel.

"Nee! Dit help nie jy keer nie. Dit gaan nie werk nie. Ek sal seker maak dat hy nie onder jou voete is by die skool nie maar enige plek voor skool en na skool gaan hy daar wees. Totdat hierdie saak opgelos is gaan ek seker maak dat jy veilig is," daar is 'n finaliteit in Gerrit se stem. Amy besluit om nie teë te praat nie.

"Ek gaan opruim en koffie maak," sê sy en stap stoep toe om die borde te kry. Sy voel onrustig. Hoekom voel dit vir haar asof 'n donker skaduwee skielik oor hul koppe is. Die huis wat vir haar 'n veilige plek was en soveel plesier verskaf het voel skielik vir haar onveilig. Sy kyk oor die stad uit. Iewers broei daar onheil uit oor die stad. Dan voel sy ongemaklik, asof iemand van iewers af na haar kyk. Sy tel die borde en glase op en stap in die huis in. Sy maak die deur agte haar toe en sluit dit, Bobby grom by die deur.

"Wat is dit Bobby, hoor jy iets?" die hond kyk op na Amy. Hy blaf vir haar draai om en stap na Gerrit toe wat in die kombuis besig is. Asof hy vir haar wil sê, wees rustig moenie dinge sien wat nie daar is nie.

Hoofstuk 33

"Môre Kaptein," groet Gerrit. "Ek dink dat hier 'n mol in ons kantoor is," val Gerrit met die deur in die huis. Die kaptein lig sy kop.

"Waarvan praat jy van der Merwe," antwoord hy ongeduldig.

"Iemand het dit by Sarel Jonker laat uitkom dat ons hom soek en die sindikaat ondersoek," Gerrit gee die kaartjie wat Amy in die blomme gekry vir die kaptein.

"Wat is dit hierdie?" hy lees wat daarop staan "Hoe is dit moontlik? Ek is baie versigtig wie ek in hierdie eenheid toelaat. 'n Mol!" Die Kaptein staan op en stoot sy stoel hard agteruit. Hy gaan staan by die venster wat op die kantoor uit kyk. Wie kan dit wees wonder hy.

"Ons sal baie versigtig moet wees Kaptein. Hierdie saak kan baie groot wees, ek is veral bekommerd oor die dreigement oor my vrou. Ek gaan iemand by haar moet sit elke dag terwyl ek besig is met hierdie saak." Gerrit gaan staan langs die Kaptein.

"Wat het jou vrou hiermee uit te waai?" vra hy.

"Sy was ontvoer deur Piet Smit en Jonker toe sy my gesoek het nadat hulle my aangerand het toe ek op die dwelms by Viljoen Vissery af gekom het in

Dwarskersbos. Hulle het haar verkoop aan die Master, 'n man wat vrouens uit die land smokkel om haar stil te maak. Ek het haar net betyds gekry in een van die Skepe wat die vrouens vervoer het. Daardeur is die hele Mensehandel organisasie in Mosselbaai oopgekrap. So, ek en sy is nie regtig baie gewild by Jonker nie. Hy is nog baie kwaad vir ons, sy lekker lewe daar in Dwarskersbos is vinnig op 'n einde gebring daardie aand met die ongeluk," verduidelik Gerrit vir die kaptein. "Hy moes gou spore maak want die hele polisiemag was opsoek na hom," die kaptein luister aandagtig na wat Gerrit sê.

"Goed ons kan 'n konstabel by haar sit. Kry twee wat dan in skofte by haar en by julle huis kan bly," stem die Kaptein in.

"Ek wil ook nie hê dat sy iets moet oorkom nie. Maar Gerrit, handel hierdie saak vinnig af. Doen wat jy moet doen om antwoorde te kry. Ek gee nie om watter deure jy aan moet gaan klop of watter mense jy moet vra om te help nie. Doen dit net en doen dit vinnig. Hoe langer dit sloer hoe groter word die sindikaat en hoe meer mense raak verslaaf aan daardie gemors," die Kaptein se boodskap kom hard en duidelik deur na Gerrit.

"Goed Kaptein, ek sal alles in my vermoë doen om hierdie saak so gou as moontlik af te handel," Gerrit stap na die kantoor se deur.

"Gerrit. Jy moet 'n besonderse vrou hê, om deur 'n mensehandelaar gekoop te word. Kon nie vir haar maklik gewees het nie en ek sal haar graag wil ontmoet eendag."

"Sy is besonders Kaptein. Ek sal 'n plan maak om haar aan Kaptein voor te stel. Totsiens." Hy glimlag toe hy wegstap, so die kaptein kan ook menslik wees as hy wil wees.

"Marius, kom my maat. Hou op rond sit en niks doen nie ons het werk om te doen," terg hy vir Marius wat besig is om iets te eet. Kobus spring op.

"Nou toe kom laat ons begin," Marius stap agter Gerrit aan na hulle nuwe kantoor toe. Gerrit wag totdat hulle binne die kantoor is en die deur toegemaak is voordat hy vir Marius vertel van die kaartjie wat Amy gekry het. Marius se oë rek van verbasing. "Goeie genade Gerrit. Wat is daardie man se probleem. Ons moet beslis iemand bekommerd maak dat hy so 'n dreigement maak. Amy was seker nie baie gelukkig nie," vra Marius besorgd.

"Glad nie, ek moes haar alles vertel."

Gerrit gaan staan voor die aansteekbord.

"Nou goed dit is wat ons nou weet," hy wys met sy hand na die eerste foto.

"Piet Smit," hy skryf langs Piet se naam, oorlede.

"Hy is oorlede, maar hy was deel van die steelvisketting en dwelmhandelsindikaat in die Kaap. Spesifiek in Dwarskersbos," dan vat hy 'n foto van Jonker.

"Sarel Jonker, korrupte speurder, hy word gekoppel aan die dwelmsindikaat in Dwarskersbos by Viljoen vissery en dan lyk my ook hier in Pretoria," Gerrit skryf langs sy naam. Dwarskersbos, Viljoen Vissery en dan Pretoria.

"Onbekende man," Gerrit sit die foto van die groot donkerkop man vas teen die bord.

"Hy het vir Piet Smit geken, gesorg vir Lotto geld. Hy is ook betrokke by die steelvisketting en dan moet hy ook betrokke wees by die dwelmsindikaat. Dit kan nie anders nie. Hy moes sorg vir die vis en dat die trokke dit oplaai en na die Vissery vervoer waar dit dan bewerk word sodat die dwelms daarin gesit kan word." Gerrit sit die foto teen die muur vas. Heel bo in die middel sit hy 'n foto van Ben Viljoen vas. "Ben Viljoen." Hy skryf sy naam langs die foto neer.

"Hy is die brein agter alles," antwoord Marius. "Die groot baas, die een wie se hande nooit vuil gemaak word nie," hy loop tot voor die bord.

"Waar begin ons Gerrit. Kon jy toe uitvind of daar enige besighede hier in Pretoria of Johannesburg is wat aan Viljoen behoort?" vra hy.

"Nog nie maar ek gaan binnekort weet, ek wag vir die oproep," Gerrit staan ook voor die bord, "ek dink ons het 'n goeie begin. As ons 'n adres het dink ek moet ons gaan ondersoek instel," dan lui sy foon.

"Van der Merwe goeiemôre, goed, dankie vir die inligting," hy druk die foon dood en gaan na sy e-pos toe. Hy kry die name en adresse van Ben Viljoen se besighede.. Daar is 'n paar. Een van dit is 'n plek wat vars vis aan restaurante verkoop. Hy skryf die adres op die bord neer.

"Hier my vriend is die antwoord. Hierdie fabriek verkoop vis aan restaurante. Maar ek wed jou R100 dit is net 'n klug."

Gerrit kry sommer 'n opgewonde rilling deur sy liggaam.

"Is jy reg vir bietjie aksie du Preez?" vra hy opgewonde vir Kobus.

"About time Van der Merwe," Marius stap dadelik deur toe. Hulle sluit die deur agter hulle en dan stap hulle na Gerrit se voertuig.

Gerrit en Marius ry na die adres wat hulle gekry het van die fabriek. Albei is stil. Daar is 'n afwagting by hulle, hulle weet dat hulle besig is met gevaarlike mense, daar is nie tyd vir grappies maak nie, hulle moet fokus. Gerrit stop voor die fabriek. Die fabriek is besig, mense loop rond, kratte word op trokke gelaai daar staan 'n klompie voertuie onder 'n afdak. En 'n paar mans is besig om 'n trok af te laai. Gerrit trek sy asem in.

"Marius, dit is die trok wat ook daar in Dwarskersbos was. Ek is seker daarvan." Hy haal sy foon uit en soek die foto's wat hy geneem het van die trokke by die hawe. En wraggies daar is dit. Presies dieselfde nommer plaat. Hy wys vir Marius.

"Dit moet die trok wees wat die vis hier aflaai, maar ons gaan moet bewyse hê van die dwelms wat in die vis is voordat ons 'n lasbrief sal kan kry."

Marius plaas 'n demper op Gerrit se opgewondenheid.

"Ja, ja ek weet... maar hoe gaan ons dit regkry?" vra hy ongeduldig. Marius moet ook altyd die een wees wat meer nugter dink as Gerrit.

"Ek weet nie, maar ons sal wel aan iets dink."

Marius dink vir 'n oomblik. "Ons kan dalk met 'n verkeersbeampte vriend van my gesels om 'n roetine ondersoek te doen op die trok. Dit gaan minder verdag lyk as hy dit doen," stel hy voor.

"Dit is waar. Maar al probleem is dat hulle dalk juis nou besig is om die vis af te laai. Hoe gaan ons weet wanneer daar weer 'n vrag gaan inkom sodat hy reg kan wees om dit te doen." Hulle probeer dit uitredeneer. Maar nie een van die twee het regtig 'n antwoord nie.

"Vir nou dink ek moet ons net die fabriek dophou. Kyk wie kom en gaan. Ons sal wel aan iets dink," Gerrit voel nie meer baie positief nie. Maar Marius is reg. Hulle kort bewyse. En al moet hy elke dag hier kom sit hy gaan daardie bewyse kry. Die dag gaan stadig verby en daar gebeur niks interessant by die fabriek nie. Hulle besluit net om te ry toe 'n groot swart motor voor die hek stop.

Gerrit trek sy asem hard in kyk na Marius en dan na die man wat uitgeklim het om die hek oop te maak. Is dit moontlik. "Sarel Jonker." Praat hulle altwee gelyk. "Kan jy glo. In lewende lywe hier reg voor ons." Gerrit vat sy foon en neem vinnig 'n paar foto's. Hierdie gaan die kaptein baie opgewonde maak. Die motor ry deur die hek en Jonker maak hom weer toe. Hy stap tot by die motor en klim weer in. Dan verdwyn die motor om die fabriek.

Gerrit en Marius kan nie verder sien wie in die motor is nie. Hulle sal maar net geduldig moet sit en wag totdat hulle besluit om te ry. Daar is nog so paar uur van daglig oor, hopelik hoef hulle nie te lank te wag nie. Maar tot hulle spyt kom die motor nie te voorskyn nie.

Dit begin al donker raak en hulle besluit om terug te keer polisiestasie toe. Hulle kan môre weer hier kom sit en wag. Maar Gerrit en Marius is tevrede. Daar is nou beslis bewyse dat Sarel Jonker in Pretoria is. En hy het ook definitief iets te doen met Ben Viljoen se besigheid. Hoe presies hy inskakel weet hulle nog nie, maar hulle gaan beslis uitvind.

"Dink jy ons sal 'n lasbrief kan kry om die plek te deur soek noudat ons vir Jonker hier gesien het."

"Ek weet nie. Maar ons kan altyd uitvind." Gerrit laai vir Marius by die polisiestasie af en dan ry hy huis toe. Hy sal môre vir die kaptein vertel van sy vordering.

Hoofstuk 34

Marius is opgewonde. Hy het uiteindelik die moed gehad en daai oulike PA uitgevra. Hy het nie gedink dat sy ooit ja gaan sê nie. Maar wonderwerke gebeur nog en nou gaan hy vanaand saam met haar uit eet. Hy ry na sy woonstel en maak klaar. Hy stop by 'n bloemiste en koop vir haar 'n mooi bos blomme.

Melanie staan en wag vir hom by die Restaurant. Marius verkyk hom aan haar. Sy het soos gewoonlik 'n kort rokkie aan wat nie baie vir die verbeelding los nie en haar lippe is ekstra rooi vanaand. Sy het swart hare wat lank teen haar nek afhang. Hy kan voel hoe sy keel toetrek. Hoe gaan hy heel aand nugter kan dink terwyl sy so lyk.

"Kobus goeienaand," groet sy vriendelik, sy sit haar arms hom en hou om vir 'n sekonde vas.

"Gmmm... Naand," is al wat hy kan uitkry. "Deksels Marius du Preez ruk jouself reg," praat hy kwaai met homself.

"Melanie, jy lyk pragtig vanaand," komplimenteer Kobus haar en hou die bos blomme na haar uit.

"Baie dankie, dit is pragtig," bedank sy hom vriendelik. Dan haak sy by hom in en stap saam met hom by die restaurant in. Dit is 'n klein gesellige vertrek met net 'n paar sitplekke. Die ligte is gedemp en skep 'n rustige warm atmosfeer. Sagte musiek speel in die agtergrond, 'n paar paartjies is besig om te dans op die dansvloer. Kobus trek vir haar die stoel uit en help haar om te sit.

"Hoe gaan dit met jou? Ek het jou nie op kantoor gesien nie," vra sy belangstellend.

"Dit gaan goed met my dankie. Ek en Gerrit was meeste van die tyd uit," antwoord hy haar. Die kelner kom staan by hulle en hulle gee vir hom hul bestelling. Dit is 'n gesellige aand. Marius en Melanie het ook al 'n paar keer gedans.

Melanie vra hom uit oor sy ouers en waar hy groot geword het. Marius geniet die belangstelling wat sy toon in sy lewe.

"Wat het jy en Gerrit alles vandag gedoen?" vra sy belangstellend uit.

"Ons het 'n groot gedeelte van die dag net in die motor gesit. Uiteindelik 'n leidraad gekry oor 'n adres van die die maatskappy wat vis kry van die Kaap af. En ook daai Jonker kêrel wat ons so gesoek het, het ons gesien vandag," antwoord Marius.

"Ek het geweet dat jy en Gerrit die regte speurders is vir hierdie saak. Die kaptein gaan baie trots wees op julle," sê Melanie met 'n glimlag. Marius se bors swel so bietjie.

"Ek dink ook so ons wil kyk of ons 'n lasbrief kan kry om môremiddag die fabriek te deursoek, Jonker was nie verniet daar nie. Iewers is 'n slang in die gras," vertel Marius vir Melanie opgewonde.

"Ja dit klink vir my ook so. Ek is seker julle sal 'n lasbrief kan kry. Soos julle aangaan gaan hierdie sindikaat een van die dae vasgetrek word," Melanie sit haar hand op Marius sin. Hy sluk aan 'n knop in sy keel. Hy voel skielik bietjie warm onder die kraag.

"Wil jy nog iets drink?" vra hy haar.

"Nee dankie. Ek dink dit raak bietjie laat, dit is tyd vir my om my *beauty sleep* in te kry," terg sy saggies. Hy staan op en loop om die tafel en trek die stoel uit sodat sy kan opstaan.

"Marius, baie dankie vir 'n heerlike aand ek het dit so geniet. Kom ons maak weer so," sy druk 'n soen op sy wang.

"Mmmm... ja ons moet," antwoord hy haar. Hy stap saam met haar na haar motor toe en maak die deur vir haar oop en wag dat sy weg ry. Dan trek hy sy asem in "genade, du Preez jy het die jackpot geslaan. Daai vroumensie is beenaf oor jou."

Hy draai opgewonde om. Hy kan nie wag om haar môre te sien nie. Hy gaan haar sommer dadelik weer uitvra of moet hy 'n dag of wat wag. Maak nie saak nie. Hy weet net dat hy verlief is op daai donkerkoppie.

"Du Preez!," praat Gerrit skielik hard langs hom, Marius ruk soos hy skrik.

"Waar is jy in die wêreld ek praat dat ek hees raak, maar jy sit en droom oor ander goed," raas Gerrit met sy kollega.

"Jammer, ek het aan iets anders gesit en dink," antwoord hy skuldig.

"Iets ander of iemand anders. Moenie dink dat ek nie gesien het hoe jy al die heeldag na Melani sit en kyk nie," terg Gerrit.

"Ja... ja ek weet, as jy moet weet ek en sy het saam gaan uiteet gisteraand," hy kyk af na sy hande, hoekom voel dit of hy in die hoof se kantoor is.

"Gaan uiteet, wanneer het jy haar uitgevra? Jinne Marius. Geluk. Ek hoop jy het haar na 'n ordentlike restaurant toe gevat," vra Gerrit vir Marius.

"Natuurlik, ek is nie heeltemal hopeloos as dit kom by romanse nie," verdedig hy homself.

"Dan is ek bly vir jou part, dit is tyd dat jy bietjie romanse in jou lewe het," Gerrit draai terug na die bord toe, "maar terug na die onderwerp. Ons het 'n lasbrief gekry. Drieuur vanmiddag is daar 'n klopjag op die fabriek. Ek dink ons moet hulle gaan verras. Daar is 'n paar polisie-manne gereël om saam te gaan. Hulle weet nog nie wat gaan gebeur nie. Ek sal hulle inlig wanneer ons voor die hek staan."

Gerrit klink opgewonde. Vandag is die dag wat hulle beslis iewers gaan krap. En hy kan nie wag vir dit wat gaan uit kom nie.

Presies 15:00 staan Gerrit, Marius en 'n paar ander polisiemanne voor die hek. Daar is niemand om oop te maak nie maar dit keer hulle nie. Vinnig knip hulle die ketting en maak die hek oop. Die polisievoertuie ry agtermekaar en stop voor die groot gebou. Gerrit en Marius klim vinnig uit.

"Goed julle. Elke hoek van hierdie gebou wil ek deur soek hê, elke boks, lêer en papier soek ek. Alles wat julle julle hande kan op lê. Selfs 'n asblik. Alles!"

Dan stap hy na 'n deur toe en maak dit oop vinnig stap hy die vertrek in, eers kyk hy rond in afwagting. Opgewonde om iets te sien maar dan gaan staan hy stil, kyk om hom rond, maar die gebou is leeg. Sy moed sak in sy skoene, wat is hier aan die gang. Gister nog was hier voertuie en werkers en daardie trok van Dwarskersbos. Nou is dit weg. Die plek is verlate.

"Gerrit, die plek is dan leeg."

Marius kyk ook verbaas om hom rond. "Kom ons gaan kyk na die ander gebou, daar moet iewers kantore wees," Gerrit loop agter hom aan. Die volgende gebou is ook leeg. Daar is Kantore op 'n volgende vloer. Van die Polisie-manne hardloop met die trappe op.

"Skoon," sê die een.

"Skoon," sê 'n volgende een. Nêrens is meubels of asblikke of enige dokumente nie. Die gebou is verlate.

"Deksels!," skree Gerrit hard. Sy stem eggo in die leë gebou, "hoe is dit moontlik du Preez." Iemand moes hulle gewaarsku het," Gerrit slaan moedeloos met sy vuis teen een van die deure.

"Maar wie Gerrit? Net ons het geweet van hierdie plek, ons en die kaptein," Marius self voel of hy kan skree. Hierdie is net een groot doodloopstraat. Alles is skoon en hy is seker dat hulle nie eens 'n enkele vingerafdruk gaan kry nie.

"Dalk is daar iewers kameras in die straat of by een van die fabrieke." Marius probeer positief klink.

"Jy is reg ons moet gaan vra. Iemand sal ons dalk kan help met inligting. Of 'n sekuriteitswag wat iets gesien het." Gerrit stap terug na die motor toe. As hy die persoon kry wat inligting laat uitlek het oor vandag gaan daardie persoon in groot moeilikheid wees. Hy is seker dat hy en Marius op die regte spoor is want hoekom is hierdie plek leeg. As Jonker dink dat hy gaan moed opge maak hy 'n groot fout, hy gaan nie ophou voordat hy weet daardie man is agter tralies nie. Niemand dreig sy vrou en kom weg daarmee nie, niemand nie!

Vir Gerrit en Marius is dit 'n lang dag. Hulle ry na elke fabriek toe in die straat van Viljoen se besigheid. Maar hul kry gee inligting nie. Daar is baie kameras maar niks lewer enige bewyse op nie. Die hele dag is net 'n mors van tyd. Gerrit is baie moeg en geïrriteerd. Hy het hierdie dag baie anders voorgestel. Die kaptein gaan glad nie gelukkig wees nie. Hulle ry terug polisiekantoor nie en is skaars by die deur in toe Melanie vir hulle kom sê dat die kaptein hulle soek. Sy druk Marius saggies aan die arm.

"Sterkte," fluister sy. Dan stap hulle by sy kantoor in. Hulle is nie lank in sy kantoor nie. Wel dit was 'n vinnige uittrapsessie gewees. Altwee manne voel baie moedeloos.

"Marius, ek gaan huis toe vir die dag. Ek kan nie langer hier rondhang nie. Ek sien jou môre hopelik is dit 'n beter dag," hy skuif sy stoel onder sy tafel in.

"Ja, ek dink dit is die beste. Ons het nodig om ons koppe te gaan skoon kry," beaam Marius. Dalk moet hy vir Melanie vra om saam met hom na 'n film te gaan kyk.

"Goed dan sien ek jou môre," groet Gerrit.

Gerrit het net een behoefte en dit is om by sy huis uit te kom. Amy is die enigste een wat hom kan laat ontspan. Hy voel onrustig en hy is kwaad. Hy het nodig om stoomaf te blaas. Hy stop voor sy huis. Hy is bietjie vroeg vir 'n slag. Hy wys vir die polisiebeampte wat voor hulle huis sit dat hy maar kan gaan. Hy is nie lus vir vreemde mense naby sy huis nie. Soos gewoonlik is Bobby daar toe hy sy motor voor die motorhuis parkeer. Hy klim uit en groet die jong hond wat uitbundig blaf. Amy kom uitgestap. Sy glimlag verras.

"Dit is 'n verrassing! Jy is vroeg tuis," sy glimlag vir hom en sit haar arms om hom.

"Net wat ek nodig het. Die liefde van my lewe wat my vashou."

Gerrit sug en druk sy gesig in haar nek in. Sy ruik na blomme. Hy voel hoe hy dadelik begin ontspan, hy is by die huis.

"Moeilike dag?" vra sy besorgd.

"Ja dit was, ek moes net wegkom."

Hy vat haar hand en dan stap hulle by die huis in. Hy maak die deur agter hom toe asof hy die wêreld wil uitskakel vir 'n oomblik. Bobby loop stertswaaiend voor hulle uit. Hy gaan lê op 'n groot kussing in die sitkamer en Gerrit sak op die bank neer.

"Kan ek vir jou 'n koppie koffie gaan maak," vra sy maar hy trek haar aan haar hand langs hom neer.

"Later. Eers wil ek hoor hoe jou dag was," vra hy belangstellend terwyl hy sy arms om haar sit.

"Jong, ek was by die skool. Die klomp kindertjies was maar besig soos altyd. Daar is 'n rooikopdogtertjie wat heeldag agter my aan is. Haar naam is Saartjie. Vreeslik hulpvaardig. Ek kry elke dag 'n blommetjie by haar. Pragtige dogtertjie, rooi haartjies met 'n sproet gesiggie," antwoord Amy "Sy lyk soms so hartseer. Ek kan nie my vinger daarop sit nie maar ek dink nie sy is baie gelukkig nie," Amy sug.

"Ek weet, elke kind vir jou is uniek en jy sal elkeen wil help as jy kan. Dit is net nie altyd moontlik nie," probeer Gerrit haar gerusstel.

"En jou dag? Hoe gaan dit met die saak wat jy ondersoek," vra sy belangstellend uit.

Gerrit trek haar nader aan hom en soen haar. Dan lig hy sy kop.

"My dierbare vroutjie kom ons dink nie verder aan werk nie. Ek is nie nou lus om te praat oor alles wat verkeerd geloop het nie," hy sak weer sy kop en vir 'n oomblik vergeet hy heeltemal van Sarel Jonker en die Dwelmsindikaat.

Hulle geniet 'n gesellige middag saam. Gerrit braai vir hulle vleis en dan gooi hulle vir Bobby bal. Dan sit hulle op die stoep en geniet die sonsondergang en die ligte van Pretoria. Alles lyk vreedsaam, maar Gerrit en Amy weet dat dit nie waar is nie. Niks is vreedsaam nie. Iewers broei daar onheil uit maar nie een van hulle praat daaroor nie, hulle geniet net mekaar se geselskap. Hulle klim vroeg in die bed en raak in mekaar se arms aan die slaap. Die dag se gebeure is vergete vir 'n oomblik. Môre sal Gerrit weer aangaan met sy soektog maar vanaand rus hy.

In die midde stad in 'n nagklub sit 'n man en vrou. Hulle sit en gesels oor die dag se gebeure. "Ek wens ek kon Van der Merwe se gesig sien toe hulle in daardie fabriek instap en sien dat dit leeg is. Hy dink mos hy kan net kom en inmeng in my besigheid. Hy het dit in Dwarskersbos reggekry, maar dit was 'n klein dorpie, hier in Pretoria gaan hy dit nie so maklik reg kry nie."

Jonker kyk na die vrou wat voor hom sit. "Jy lyk pragtig vanaand," komplimenteer hy haar, "was jy op 'n *date* met daai Marius du Preez vent?" vra hy jaloers.

"As jy moet weet. Ja ek was ons het na 'n film gaan kyk. Julle het hulle planne lieflik in mekaar laat tuimel. Hy en Gerrit was baie kwaad toe hulle by die kantoor kom. Gerrit is sommer vroeg huis toe. Die kaptein het omtrent vir hulle die leviete voorgelees oor hulle onnodig 'n klopjag op 'n plek gedoen het. Hy was in 'n groot verleentheid by hoofkantoor,"

Melanie kyk af na haar hande. Sy voel skuldig oor haar aandeel in hierdie hele saak. Marius gaan haar nooit vergewe as hy moet weet sy is die een is wat heeltyd vir Sarel inligting gee oor die saak nie.

"Jy besef dat ek my lewe op die spel sit vir jou ek hoop jy waardeer dit," sy kyk op na Sarel. Sy is lief vir hierdie man maar sy weet dat hy haar ook maar net gebruik en sy weet nie hoekom sy dit toelaat nie.

"Ek waardeer jou hulp so baie," hy druk sy hand in sy baadjie se sak en haal 'n langwerpige fluweelboksie uit.

"Hierdie is om vir jou te wys hoe baie ek dit waardeer,"

Hy gee vir haar die boksie en sy maak hom oop, sy snak na haar asem. "Sarel, dit is pragtig," sy haal die armband uit. Sarel neem dit en sit dit om haar gewrig. Die hele armband is vol klein vierkantige diamante, Melanie kyk liefderyk op na Sarel.

"Jy bederf my," sê sy vir hom. Hy staan op en trek haar van die stoel af op.

"Ek wil jou bederf want ek is lief vir jou en waardeer jou, kom ons gaan dans," hy loop met haar hand in syne na die dansvloer. Sarel glimlag ingenome vir homself. Gee net vir 'n vrou diamante en sy sal haar siel verkoop vir jou as dit moet.

Hoofstuk 35

"Het jy iewers 'n kêrel waarvan ek nie weet nie?" vra Marius vir Melanie een aand toe hy by haar woonstel kuier.

"Nee!," antwoord sy vinnig, "hoekom vra jy?" sy kyk nuuskierig na hom.

"Daardie mooi armband wat jy dra?"

Marius vat haar hand om beter na die armband te kan kyk.

"Ek dink nie met jou salaris sal jy dit kan bekostig nie," verduidelik hy.

"Hoe sal jy weet Marius, ek het dalk spaargeld waarvan jy nie weet nie," probeer sy, sy vraag vermy. Sy het heeltemal vergeet dat sy hom nog aan het.

"Jammer ek vra maar net," Marius lyk soos 'n tiener toe hy na Melani kyk. "Ek wil nie iemand se slaai krap nie," sê hy vinnig.

"Moenie bekommerd wees nie, ek het nie 'n kêrel nie," Melanie kyk af op haar hande. Sy wil nie in sy oë kyk nie. Nou-nou sien hy dat sy nie die waarheid praat nie, "vertel my eerder van jou dag?" Verander sy die onderwerp.

"My dag was moeilik en lank, ons het geen nuwe leidrade nie. Jonker is net elke keer te slim vir ons. Dit is nou al weke wat ons warm op sy spoor is maar sodra ons dink ons gaan hom vastrek dan verdwyn hy net. Ek verstaan nie." Marius is duidelik baie moedeloos.

"Marius, moenie moedeloos raak nie. Jy en Gerrit gaan hom opspoor, ek weet dit sommer," sy sit haar arms om hom.

"Jy laat my altyd beter voel," sê hy saggies

"Dit is hoekom ek hier is, om jou beter te laat voel," sy staan op en gaan staan agter hom. Dan begin sy sy skouers vryf. "Ontspan net, jy werk te hard," Melanie weet net hoe om met Marius te praat. Hy ontspan dadelik. Die res van die aand gaan vinnig verby. Hy wil nie nog sê nie maar hy het 'n lang dag gehad en hy weet môre gaan nie veel beter lyk nie. Nie lank nadat hy weg is nie, is daar 'n klop aan Melanie se deur. Melanie glimlag, dalk het Marius iets vergeet.

"Marius... Het jy iets..." Sy bly skielik stil, dit is Sarel wat voor die deur staan.

"*Well*, dit is *about time* vir jou kêrel om te ry," Sarel val amper by die deur in

"Sarel, jy is dronk," Melanie is dadelik vies. Sy is nie lus vir 'n dronk man vanaand nie.

"Dronk..." Sarel begin lag, "ek weet ek is... maar kan jy my kwalik neem. Hier kuier dan 'n ander man by jou," Sarel stap nader aan Melanie.

"Jy weet hoekom hy hier is, nie oor hy my kêrel is nie. Jy het gesê dat ek hom moet verlief maak op my sodat jy inligting kan kry. Jy!"

Sy druk haar vuiste teen Sarel se bors.

"Sarel asseblief. Moenie," probeer sy keer.

"Ek weet wat ek gesê het, maar ek het nie gesê dat jy dit so moet geniet nie," hy druk Melanie teen die muur vas maar sy stoot hom weg.

"Asseblief, gaan eerder huis toe, ek is moeg en wil gaan slaap," pleit sy by hom.

"Ek gaan nêrens voor ek nie 'n soen gekry het nie." Sarel stap weer nader aan Melanie maar sy loop agteruit. Sy voel skielik bang vir hierdie man voor haar.

"Kom hier vroumens!"

Sarel gryp na Melanie maar sy draai om en probeer wegkom van hom. Dan haak haar voet vas teen die mat en voor sy kan keer val sy. Melanie gil. Sarel probeer haar keer maar dit is te laat. Sy stamp haar kop hard teen die koffietafel wat in die sitkamer staan. Sarel kyk geskok na die toneel voor hom.

"Melanie..." hy val op sy knieë neer.

"Melanie... word wakker..." maar hy besef dat dit te laat is. Die mat onder haar kop verander van kleur en bloed stroom uit 'n wond by haar kop.

"Melanie..." Sarel begin snik maar dan besef hy hy moet hier weg kom.

"Ek is jammer... ek is jammer..." Hy staan op en strompel na die woonstel se deur. Hy kyk weer na Melanie se liggaam wat op die mat leweloos lê.

"Jammer..." Hy maak die deur agter hom toe en verdwyn by die trappe af.

Hoofstuk 36

Marius en Gerrit stap by Melanie se woonstel in. Daar is polisiemanne met oorpakke aan besig om die woonstel te deursoek. Hulle sien haar liggaam op die mat lê. Marius sak langs haar neer. Hy vryf met sy hand oor sy oë asof hy die toneel voor hom wil wegvee. Hoe is dit moontlik dat die vrou wat sy hart besit, het dood kan wees.

Gerrit staan langs hom.

"Marius, ek is jammer," is al wat hy kan sê. Sy vriend staan op en dan gaan sy oë deur die vertrek. Net gisteraand het hulle nog hier gesit en gesels. Haar pragtig swart hare lê deurmekaar op die mat. Hy sak weer langs haar en lig haar hand op.

"Dit is weg," sê hy hardop.

"Wat is weg?" vra Gerrit verward.

"Die armband wat sy aangehad het gisteraand," antwoord Marius. Hy staan weer op en stap na haar kamer toe en begin soek na die armband maar hy kry dit glad nie.

"Dit is ook nie in haar kamer nie," Hy kyk na Gerrit.

"Waarvan praat jy, waste armband?" Gerrit verstaan nie waarvan hy praat nie.

"Ek was gisteraand hier by haar en sy het 'n diamant-armband aangehad. Ek het nog geterg dat sy seker 'n ander kêrel moet hê, want hoe kan sy so 'n armband bekostig," verduidelik hy

"Nou is dit weg met ander woorde, ek was nie die laaste een om haar te sien nie. Iemand was na my hier."

Hy stap weer na die deur toe.

"Daar is 'n kamera by die ontvangsportaal. Ek gaan kyk of ek die opsigter kan opspoor."

Marius stap by die deur uit. Gerrit besluit om saam met hom te stap. Hy dink nie sy vriend moet nou alleen wees nie.

"Marius, wag vir my ek stap saam," maar hy het reeds by die trappe begin afstap. Gerrit hardloop agterna.

Hulle klop aan die opsigter se deur.

"Môre waarmee help ek?" vra die opsigter toe hy die deur oopmaak.

"Ek is Speurder du Preez en hierdie is Speurder van der Merwe. Ons is opsoek na die video-opnames van gisteraand. So om en by tienuur se kant."

"Is reg, kom maar in, Melanie was 'n goeie huurder ek sal help waar ek kan, haar buurvrou het my kom sê van iemand wat gegil het gisteraand.

Vanoggend het ek gaan kyk en toe op haar afgekom," hy gaan sit by sy lessenaar en tik die tyd in en begin dan deur die opnames te kyk. Hulle sien Marius by die ingangsportaal se deur uitgaan en dan paar minute later iemand ingaan. Net toe die persoon die deur oopmaak kyk hy op na die kamera. Dit is halfdonker maar Gerrit sal nooit daardie gesig vergeet nie.

"Jonker, daardie is speurder Sarel Jonker."

Daar is verwarring op sy gesig. Wat sal hy by Melanie se woonstel gebou soek.

"Jonker," herhaal Marius. Hy self is ook verward.

"Kan ons 'n afskrif van die opname kry asseblief."

"Seker. Ek sal dit vir julle e-pos, dit is die maklikste," die opsigter stuur dit dadelik na Gerrit se e-pos adres.

"Baie dankie," bedank Gerrit die opsigter. Dan stap hulle terug na Melanie se woonstel.

"Speurder Van der Merwe," roep een van die konstabels vir Gerrit, "hier is dalk iets wat julle sal wil sien."

Hulle stap na Melanie se slaapkamer. Op die bed is foto's uit gepak en 'n koevert met 'n dagboek in. Die foto's is van 'n glimlaggende Melanie saam met Sarel Jonker, sy lyk so gelukkig. Dit is duidelik vir hulle dat sy baie gelukkig was. Marius sak op die spieëlkas se stoel neer. Sy het 'n ander kêrel gehad.

"Marius, ek dink ons het ons mol gekry," praat Gerrit met hom. Hy hoor dit nie regtig nie. Hoe is dit moontlik dat die vrou vir wie hy so baie omgegee het hom so gebruik het.

"Het jy inligting met haar gedeel?" vra Gerrit.

"Ek het alles met haar gedeel," erken hy en sit sy gesig in sy hande.

"My vriend. Ek is jammer om vir jou te moet sê maar sy het ons almal 'n rat voor die oë gedraai. Sy het vir Jonker inligting oor ons ondersoek gegee. Dit is hoekom ons hom nooit kon vastrek nie. Ek wil nie weet wat die kaptein hiervan gaan sê nie. Sy sekretaresse, wat hy met alles vertrou het is die mol."

Gerrit klink bekommerd. Hy haal 'n sakdoek uit sy sak en vat die dagboek wat op die bed lê. Hy lees vlugtig deur dit. Daar is ook foto's aangeheg daarby.

"Marius. Kyk hier!"

"Dit wil lyk asof sy inligting bymekaar gemaak het oor die dwelmsindikaat. Hier is datums, foto's, adresse. Alles. Dit is wat ons nodig het om hulle op te spoor."

Gerrit kan sy opgewondenheid nie keer nie. Maar dan bly hy stil. Marius staar net voor hom uit.

"Ek dink ons moet gaan, jy was lank genoeg hier." Gerrit sit die dokumente terug in die koevert en sit dit dan in 'n boks wat op die bed staan. Hulle sal alles by die kantoor deurgaan.

"Gerrit. Ek was lief vir haar en sy het my net gebruik," die teleurstelling is duidelik sigbaar in Marius sê stem.

"Dalk is dit nie wat gebeur het nie," probeer Gerrit sy vriend beter laat voel.

"Dit is presies wat gebeur het! Sy is die mol. Die een wat heeltyd gemaak het dat Jonker weet wanneer ons waar gaan wees. Sy het my gebruik met haar mooi glimlag en oulike lyfie het sy my om haar pinkie gedraai. Hoe kon ek so dom wees."

Marius begin al hoe harder praat. Dit voel asof hy heeltemal sy humeur kan verloor.

"Marius. Kom ons gaan, ek dink jy het vars lug nodig."

Die twee speurders stap by die woonstel uit af met die trappe en oomblik toe hulle buite is slaan Marius met sy vuis teen die muur. Eers voel hy beter dan voel hy 'n pyn deur sy vuis gaan.

"Deksels!," sê hy en hou sy vuis vas.

"Voel jy nou beter?" vra Gerrit.

"Nee," antwoord Marius.

"Ek het amper my hand gebreek." Hy maak sy vuis oop en toe. Hy het beslis iets gekraak.

"Wil jy hospitaal toe gaan?"

"Nee ek wil Speurder Sarel Jonker opspoor en hom wys wat met 'n korrupte polisieman gebeur." Hy stap na motor toe en ry terug kantoor toe sodat hulle die kaptein op hoogte kan bring van hulle vordering.

Hulle klop aan die kaptein se kantoor.

"Binne!" nooi hy hulle in.

Hulle stap stadig in.

"Môre Kaptein," groet hulle gelyk.

"Wat is fout, julle lyk bekommerd?"

"Was julle by Melanie se woonstel? Wat het daar gebeur?" vra hy belangstellend.

"Ons was daar Kaptein," antwoord Gerrit. Marius gaan sit op een van die stoele.

"Melanie is oorlede," sê hy versigtig, "dit lyk of sy geval het en haar kop gestamp het teen die koffietafel," Gerrit gaan sit ook op een van die stoele. Die Kaptein skud sy kop.

"Goed. Ek verstaan," hy voel jammer Melanie was 'n goeie meisie.

"Kaptein, daar is meer. Daar is foto's en 'n dagboek gevind in haar woonstel van Sarel Jonker en inligting oor die dwelmsindikaat wat ons ondersoek."

Hy bly vir 'n oomblik stil. Laat die woorde eers insink.

"Ons het rede om te glo dat Melanie die een was wat vir Jonker inligting gegee het van die saak teen hom, sy het presies geweet wanneer ons waar gaan wees," Gerrit sê dit vinnig.

"Melanie die mol. Dit is nie moontlik nie."

Die kaptein sit vorentoe. Vou sy hande saam, "jammer ek kan dit nie glo nie," verdedig hy haar, "ek het haar met alles vertrou en sy het my nooit rede gegee om haar nie te wantrou nie," die kaptein is duidelik verward.

"Dit is ongelukkig die waarheid"

Kobus begin verduidelik: "die foto's wat gekry is, is van haar en Sarel Jonker, daar is ook 'n opname van die sekuriteitsisteem by die woonstelgebou van Jonker wat by die woonstelgebou se voordeur instap net nadat ek weg is."

"Sy was dan baie goed gewees dat nie een van ons dit eers agtergekom het nie." Die kaptein is baie omgekrap.

"Ons sal vinnig daardie man moet vang, hy is besig om met ons te speel. Hierdie hele saak kan lelike nagevolge vir ons hê."

Hulle weet dat die kaptein reg is en hulle besef hoe belangrik dit is dat hulle vir Sarel Jonker so gou as moontlik in hegtenis neem.

"Ons wag net vir al die bewyse om van haar woonstel af te kom dan sal ons alles deurgaan. Die dagboek wat hulle gekry het, het datums, adresse en name in. Dit is kompleet asof sy hulle ondersoek het. Maar ek dink dit was net ammunisie om haar self te beskerm sou sy dalk uitgevang word."

Gerrit staan weer op.

"Kaptein ons sal nie verder u tyd opneem nie. Ek en Marius moet aan die werk spring," hulle groet en stap by die kantoor uit.

Nie lank nie of 'n klompie bokse word by hulle kantoor afgelaai. "Is jy reg hiervoor du Preez?" vra Gerritt. Hy weet dit kan nie maklik vir Marius wees om deur Melanie se persoonlike items te gaan nie.

"Ja ek is," antwoord hy en tel die eerste boks op en begin die items uithaal. Hy kry die dagboek en begin dit noukeurig na gaan. Dit is datums van elke keer wat sy vir Jonker inligting gegee het. Dan is daar 'n paar foto's van Jonker wat by haar woonstel uitstap en in sy voertuig klim en 'n foto van sy motor se registrasienommer.

Hy stap na die aansteek bord.

"Hier is 'n begin," hy sit die foto's op die bord. En dan skryf hy ook die adresse neer. Melanie het noukeurig boek gehou van wat sy gedoen het. Hy vat sy foon en tik die adresse in. Elke keer kom dieselfde naam op Viljoen Vissery, Of Viljoen meubels. Hoeveel besighede het hierdie Meneer Viljoen dan, wonder Kobus by homself.

"Ek dink ons moet bietjie gaan kuier by hierdie besighede," sê hy vir Gerrit.

"Ek stem saam." Gerrit sit dit waarmee hy besig is neer en tel sy foon en sleutel op.

"Ek wil gou by die huis stop, Amy is af vandag ek wil net gaan kyk dat alles in orde is." Hy voel onrustig met Jonker wat op vrye voet is. Hy en Marius ry na sy huis toe. Alles is stil en vreedsaam. Hy parkeer die motor voor die motorhuis en klim uit. Hy wag vir Bobby om soos gewoonlik hom te kom groet, maar hy is doodstil.

"Iets is fout," hy kyk na die pad voor sy huis vir die polisievoertuig maar daar is niks. "Die polisievoertuig is weg. Hulle is veronderstel om hier voor die huis te staan en Bobby is ook nie hier nie,"

Gerrit haal sy pistool uit en loop na die voordeur toe. Die deur staan oop. Wat hy binne sien laat sy hare rys. Alles is deurmekaar en omgegooi. Bobby lê op die mat van die sitkamer. Die hond gee sagte tjankgeluidjies toe hy vir Gerrit sien.

"Marius, bel vir hulp..." hy roep na Amy, maar daar is geen antwoord nie. Teen die kas van die kombuis is 'n papier vasgesteek met 'n mes, Gerrit staar na die mes wat vol bloed is. Dit voel skielik asof iemand besig is om hom te wurg. Hy sukkel om asem te haal. Marius staan nader en haal die brief af. Dan lees hy: "Speurder van der Merwe. Ek het jou gewaarsku moenie krap waar dit nie jeuk nie. Nou gaan Blondie ongelukkig betaal. Ek het iemand verloor vir wie ek baie omgegee het, en nou gaan jy ook voel hoe dit voel om iemand te verloor."

Marius sit die brief op die kombuis se tafel neer. Hy stap na die kraan toe en tap vir Gerrit 'n glas water in,

"Hier, drink dit," beveel hy vir Gerrit.

Gerrit gehoorsaam en drink al die water in een teug op,

"Marius, ek kan haar nie verloor nie," hy hou aan die kas vas om nie inmekaar te sak nie. As daar iets met haar moet gebeur.

"Ons gaan haar kry ons weet dat sy vir hom meer werd is lewendig as dood," probeer Marius hom moed in praat. Dan hoor hulle sirenes en die volgende oomblik is die eens mooi vreedsame gelukkige huis gevul met mans met uniforms aan. Daar is ook iemand wat vir Bobby help. Hy is gesteek met 'n mes. Die vrou wat vir Bobby help roep vir Gerrit.

"Dit lyk of hy iemand goed bygekom het, kyk sy tande, daar is bloed aan en daar sit 'n stukkie lap in een van sy tande vas. Hy het probeer om sy plig na te kom," sy vryf oor Bobby se gesig.

"Dankie," antwoord hy. "My vrou gaan hom wil sien wanneer sy terug is, asseblief kyk mooi na hom

"Ek sal, dit lyk net of hy steke gaan kort, hy het bloed verloor maar ons sal hom kan deurhaal," stel sy hom gerus en loop dan by die huis uit met Bobby.

"Ek het gedink sy is veilig genoeg. Waar is die polisie-voertuig wat voor die huis gestaan het? Hoekom is hy nie hier nie?" Gerrit is baie kwaad.

Hulle het hierheen gekom om weg te kom van die Kaap af nou is sy weer in die dieselfde situasie. Hy voel vasgekeer in die huis en hardloop buitekant toe.

Hy moet vars lug kry dit voel asof hy nie kan asem haal nie. Dan staan Marius by hom.

"Gerrit, jy kan nie nou kop verloor nie. Amy het jou nou nodig. Sy lewe nog. Ons kan haar nog help," hy praat hard met Gerrit.

"Jy is reg. Ons kan haar nog help, sy is my hele lewe. Ek kan haar nie verloor nie."

"Jy gaan haar nie verloor nie. Ons was op pad om die adresse te besoek wat Melanie opgeskryf het. Ons moet daarheen ry. Daar is omtrent vyf plekke wat ons kan gaan besoek. Ek dink ons begin by die kaptein, hy sal makliker 'n hofbevel kan kry sodat ons toestemming het om by die fabrieke in te gaan. Ek gaan ook reël vir 'n paar voertuie om saam te gaan. Ons het soveel manne nodig as wat ons kan kry,"

Marius vat dadelik beheer van die situasie. Hy besef dat sy vriend nie nou in staat is om nugter te dink nie. Gerrit sit sy hand op sy arm, "Dankie. Ek weet nie wat ek sou doen sonder jou nugter verstand nie."

Die twee mans kyk na mekaar en hulle weet dat hulle meer is as net kollegas en vriende, hulle is broers. Dan stap Marius by die huis in en begin bevele gee en bel die kaptein. Hy verseker Marius dat hy dadelik gaan sorg vir 'n hofbevel.

"Gerrit, ons kan solank ry. Die kaptein gaan binne 'n halfuur die lasbrief reg hê."

Gerrit stap saam met Marius na die motor toe. ... Amy, ons is op pad... Jy is nie alleen nie. Dan ry hulle weg in die rigting van die stad. Dit is stil in die kar. Dit is net die GPS wat praat. Die foon lui en die kaptein bevestig dat hulle 'n lasbrief het. Een van die konstabels gaan hulle by die eerste adres kry met dit.

Hulle stop by die eerste adres. Maar daar is niks. Dit is net 'n leë erf. Dan ry hulle na die tweede adres. Daar is ook niemand op die perseel nie. Die derde adres is 'n gebou met kantore. Hulle deursoek elke kantoor. Elke vertrek maar daar is ook niemand nie. Dit is al baie laat, hy kan sien dat van die mans ongeduldig begin raak.

"Ons moet hulle maar huis toe stuur, hulle is al heeldag besig."

Gerrit begin benoud voel, dalk is hulle te laat.

"Ons het nog net twee adresse. Kom ons gaan kyk net vinnig dan stuur ons hulle terug,"

Hulle klim in hulle voertuie en ry na die volgende adres, hulle het skaars deur die hek gery toe chaos los breek. Gerrit moet die motor vinnig tot stilstand bring toe 'n trok verby hulle jaag.

"Pasop!" skree Marius, "dit was amper," sug hy verlig. Maar dan jaag 'n bakkie agter die trok aan.

"Wat is hier aan die gang?"

Die bestuurder van die bakkie is besig om met 'n pistool op die trok te skiet. Dan skiet hy 'n wiel raak en die bestuurder van die trok verloor beheer en ry in 'n muur vas. Gerrit spring uit met sy pistool en begin op die persoon skiet wat in die bakkie is. Alles gebeur so vinnig. Marius hardloop na die bestuurder toe in die trok om te kyk of hy hom kan help maar hy is te laat. Die man lê met sy kop op die stuurwiel. Hy erken hom dadelik. Dit is die vreemde man wat saam met Piet Smit gesien is op Dwarskersbos. Hy draai om en hardloop gebukkend terug na Gerrit toe. Maar Gerrit is reeds by die bestuurder van die bakkie. Hy het hom gewond en trek hom by die bakkie uit. Dan besef hy met 'n skok dat dit Sarel Jonker is. Dan ruk hy die hom aan die skouers.

"Jonker... Waar is Amy?" probeer hy hom wakker maak.

"Jonker, word wakker...!" dan maak Jonker sy oë oop. Hy erken vir Gerrit. Daar verskyn 'n glimlag op sy lippe.

"Speurder Gerrit... van der... Merwe..." praat hy met 'n hees stem. Hy begin sy bewussyn verloor maar Gerrit ruk hom weer aan die skouers.

"Jonker... Wat het jy met Amy gemaak?" Gerrit praat dringend met Jonker.

"Hoe... hoe voel dit... .van der Merwe?" vra Jonker vir Gerrit.

"Hoe voel wat?" vra Gerrit ongeduldig, hy het nie tyd vir speletjies nie.

"Om... iemand... te ... verloor vir wie... jy lief is...?" Jonker kyk met half toe oë na Gerrit "Jy het gekrap... nou is... sy... weg?" Sarel Jonker se oë gaan toe en sy kop val een kant toe. Hy haal nie meer asem nie.

"Sarel... Nee... praat met my...!"
Gerrit sit hom op die grond neer

"Jonker, maak oop jou oë!" Gerrit begin hom CPR gee. Hy hou aan met druk op sy bors...

"Waar is Amy?" Skree hy en begin Sarel met sy vuis op die bors slaan. Marius kom staan langs hom en sit sy hand op Gerrit se skouer.

"Gerrit... dit is verby..." praat hy met Gerrit, "hy is weg." Maar Gerrit gee nie moed op nie, hy hou net aan, "Gerrit..." praat Marius harder, "hou op, dit is verby, hy is dood."

"Nee! Nee! Nee!" skree hy in die lug in, "ek het hom geskiet... hy is die enigste een wat weet waar Amy is en toe skiet ek hom..." Gerrit sit sy gesig in sy hande. "Ek het nie gesien dit is Sarel Jonker nie, hoe gaan ek ooit vir Amy opspoor."

Marius stap tot langs Gerrit, "luister vir my, jy moet nie nou moed verloor nie, ons is Amy se enigste hoop."

Hy draai om en stap na Sarel toe wat leweloos op die grond lê en begin sy sakke deursoek. Gerrit staan nuuskierig nader.

"Wat soek jy?" vra hy.

"Sy selfoon. Daar moet 'n oproep of 'n boodskap wees wat ons 'n aanduiding kan gee van waar sy is." Dan kry hy sy foon en probeer hom aansit maar die foon vra 'n vingerafdruk. Hy vat Sarel se wysvinger aan sy regterhand. Die foon gaan dadelik aan. Hy gaan dadelik na sy whatsapp boodskappe toe. Dan sien hy 'n naam wat die afgelope tyd opgekom het.

"Master..." sê hy hardop.

"Wat het jy gesê?" vra Gerrit vinnig.

"Master... hier is gesprek tussen Sarel en die Master. MMMM... Sarel sê, ek stuur haar saam met die taxi en dan die Master antwoord. Ek vertrek om 22:00 vanaf die vliegveld. Sorg dat sy hier is. Hier is die pin", Kobus kyk na sy horlosie. "Dit is 21:15 en dit is amper 45 min om te ry tot by die lughawe. Ons beter nou gaan."

Hulle hardloop na die motor en Marius trek in 'n stof-wolk weg. Hy sit die sirene aan en jaag oor elke stopstraat en verkeerslig. Hy konsentreer net op die verkeer, hy kan nie bekostig om nou 'n ongeluk te maak nie, hy moet so gou as moontlik by die lughawe kom, anders sien Gerrit nooit weer vir Amy nie. Gerrit kyk net voor hom, al wat hy heeltyd hoor is Jonker wat vir hom sê: "Jy het gekrap nou is sy weg." Oor en oor maal dit deur sy kop. Dan is hulle op 'n oop pad. Gerrit hou die horlosie dop, die minute tik verby. Nog nooit het hy so gebid dat tyd net kan stil staan nie. Dit is bykans 22:00 toe hulle deur die geslote hekke jaag.

"Daar, op die aanloopbaan," wys Gerrit.

Marius trap die petrolpedaal dieper in. Die polisie-voertuig ry vinnig op die vliegtuig af. Dan is hulle langs hom en Marius druk die voertuig voor die vliegtuig in. Die vliegtuig draai skerp om 'n botsing te vermy en ry deur die veld wat langs die aanloopbaan is en kom tot stilstand. Marius stop langs die vliegtuig. Hulle het skaars tot stilstand gekom toe klim Gerrit al uit. Dan staan hy by die deur van die vliegtuig.

"Maak oop die deur dit is die polisie," beveel hy. Maar daar gebeur niks, "maak oop die deur," skree hy weer.

Dan maak 'n man in uniform die deur oop en laat sak die trappe. Hy kom afgestap.

"Sit jou hande in die lug," beveel Gerrit weer.

"Wat dink julle doen julle?" vra die kaptein verontwaardig.

"Ek sal die vra vrae?" Gerrit gryp hom aan die kraag.

"Waar is Amy?" vra hy die kaptein.

"Waarvan praat jy?"

Gerrit stamp hom ongeduldig eenkant toe en hardloop by die trappe op. Hy hou sy pistool in sy hande en klim tot in die vliegtuig. Die Master sit op een van die stoele.

"Wie is jy?" vra hy vir Gerrit.

"Wat soek julle?" vra hy angstig.

Gerrit stap tot by hom, "Ek soek my vrou. Waar is sy?" Gerrit stap dreigend nader aan die man wat vreesbevange na hom en sy pistool staar. Hy is eintlik net 'n patetiese ou man met te veel geld.

"Jou vrou. Ek weet nie waarvan jy praat nie, wat sal jou vrou by my soek?" vra hy vir Gerrit.

"Haar naam is Amy, of Blondie, soos Sarel Jonker en Piet Smit haar genoem het." Gerrit se gesig is baie naby aan die Master sin. Hy kan sien hoe die sweet teen sy slape afloop.

"Waar is sy?" Gerrit gee hom 'n vuishou deur die gesig.

Die Master gryp sy wang vas. "Nou goed, nou goed," keer die Master vir Gerrit. "Sy is in die agterste kajuit."

Marius kom ook die vliegtuig ingestap. Hy rig sy pistool op die Master.

"Gaan soek haar, ek het hom," sê hy.

Gerrit hardloop dadelik na die agterste kajuit toe. Hy maak die deur oop. Dan sien hy haar sit op 'n bank. Haar hande is agter haar vasgemaak. Daar is iets oor haar oë vasgemaak en kleefband oor haar mond geplak. Haar lang hare hang deurmekaar oor haar skouers en gesig. Sy pragtige Amy. Sy is vreesbevange. Hy val op sy knieë voor haar. Dadelik begin sy verbouereerd agter toe sit en begin verbouereerd snik.

"Amy... Amy... dit is ek, Gerrit..." Sy begin vreeslik huil.

Gerrit haal die lap van haar oë af en trek die kleefband stadig af.

"Gerrit... Gerrit..." is al wat sy kan sê. Sy huil en sak haar kop op sy skouer. Gerrit sit sy arms om haar en maak die toue los. Dan sit sy haar arms om sy nek en Gerrit tel haar op en stap met haar by die kajuit uit. Marius sug 'n sug van verligting toe hy vir Amy sien. Gerrit stap met Amy by die vliegtuig uit en af met die trappe. Hy wil haar nooit weer laat gaan nie.

Marius beveel die Master om op te staan en voor hom uit te loop. Intussen hoor Gerrit die sirens van 'n ambulans. Daar is ook polisievoertuie wat na hulle toe aangery kom. Hy staan langs die aanloopbaan en wag vir die ambulans. Amy het opgehou huil maar haar hele lyf bewe.

Die ambulans hou stil en die paramedikus maak vir hom die deur oop en Gerrit klim in die ambulans met Amy nog in sy arms en sit haar dan op die bed neer en vou 'n kombers om haar.

Sy praat vir die eerste keer: "En toe red jy my weer speurder van der Merwe," sê sy sag vir Gerrit. Daar verskyn 'n glimlag op Gerrit se lippe. Hy sak sy kop en gee haar 'n soen op die voorkop.

"Ek sal jou altyd red. maak nie saak waar jy is nie... ek sal jou altyd red," en sit sy arms om haar en hou haar vas.

"Ek is baie lief vir jou."

Amy skuif nader aan Gerrit.

"En ek vir jou... Mmmm, Gerrit," sy kyk op na hom.

"Ja my liefling," antwoord hy haar.

"Dink jy dit is nou 'n goeie tyd om vir jou te sê dat ek swanger is," vra sy sag.

Gerrit trek sy asem vinnig in. Sy arms gaan stywer om haar, "Is jy ernstig?" vra hy sag.

Amy antwoord hom met 'n glimlag om haar lippe.

"Ek is ernstig, jy gaan 'n pappa word."

Amy sien 'n traan teen sy wang afrol en sy lip wat effens bewe, sy sit 'n soen op sy wang en vee met haar hand die traan af. Sy sit haar kop op sy bors en so sit sy veilig in haar man se arms terwyl dle ambulans terug ry stad toe.